KB048437

밤의

얼굴
들

밤의 얼굴들

ⓒ 황모과, 2020. Printed in Seoul, Korea

초판 1쇄 펴낸날 2020년 6월 10일
초판 3쇄 펴낸날 2020년 8월 12일

지은이	황모과
펴낸이	한성봉
편집	조유나·하명성·최창문·김학제·이동현·신소윤·조연주
콘텐츠제작	안상준
디자인	전혜진·김현중
마케팅	박신용·오주형·강은혜·박민지
경영지원	국지연·지성실
펴낸곳	허블
등록	2017년 4월 24일 제2017-000050호
주소	서울시 중구 소파로 131 [남산동 3가 34-5]
페이스북	www.facebook.com/dongasiabooks
인스타그램	www.instagram.com/dongasiabook
트위터	twitter.com/in_hubble
전자우편	dongasiabook@naver.com
블로그	blog.naver.com/dongasiabook
전화	02) 757-9724, 5
팩스	02) 757-9726
ISBN	979-11-90090-13-1 03810

이 도서의 국립중앙도서관 출판예정도서목록(CIP)은
서지정보유통지원시스템 홈페이지(http://seoji.nl.go.kr)와
국가자료종합목록 구축시스템(http://kolis-net.nl.go.kr)에서
이용하실 수 있습니다. (CIP제어번호 : CIP2020021850)

※ 이 도서는 한국출판문화산업진흥원의 '2020년 우수출판콘텐츠 제작 지원' 사업 선정작입니다.
※ 허블은 동아시아 출판사의 SF 브랜드입니다.
※ 잘못된 책은 구입하신 서점에서 바꿔드립니다.

만든 사람들

책임편집	김학제
크로스교열	안상준
디자인	김현중
일러스트	우연식
본문조판	김경주

밤의

얼굴들

황모과
소설집

허블

차례

연고, 늦게라도 만납시다

무덤은 내 삶의 터전이다. 오늘 밤도 앞마당을 거닐듯 천천히 무덤가를 산책한다. 비석에 적힌 이름을 하나하나 불러보는 것이 유일한 일과로, 망자를 그리워하는 누군가가 남기고 간 흔적들이 천천히 풍화되어가는 것을 들여다본다. 망자가 생전에 좋아했던 음식이나 술이 놓여 있고, 오이나 가지 등에 나무젓가락을 끼워 만든, 말이나 소 모양의 장난감 등도 놓여 있다. 남은 자들이 염원한 대로 망자는 마소 조형물을 타고 좋은 곳으로 갔을까. 곰곰이 헤아리는 사이에도, 망자를 기리는 추억의 물건들은 천천히 부패한다.

나는 망자들을 대신해 유족에게 감사 인사를 올리고 음식을 천천히 먹는다. 음식을 먹는 대신 유족들이 두고 간 물건들을 관리한다. 두고 간 사람조차 잊을 정도로 오래됐지만, 나는 삭아서 변질한 그 물건들을 깨끗이 닦아 관리 사무실 안에 가져다 둔다. 사무실 안은 온갖 추억으로 가득하다. 시간의 엄중한 심판을 끝끝내 거부하던 흔적들이 천천히 열어진다. 물건들이 퍼석하게 바스러지면서 풍기는 냄새 속에 매일 밤 나는 몸을 파묻는다. 조용히 사무실 바닥에 몸을 뉘면 이곳에서 썩어가고 있는 게 혼자만은 아니라는 생각에 조금은 마음이 편안하다.

고향의 가족들은 나를 잊었겠지. 나는 머리털을 꼬아 만든 부적을 꺼내 깊은숨을 들이쉬며 냄새를 맡았다. 옛 기억을 되살려주던 냄새가 열어지니 기억도 흐릿해진다.

엊그제, 노파와 함께 매일 묘지를 산책하던 개 한 마리가 한참 안 보이더니 어쩐 일인지 노파 없이 홀로 찾아왔다. 이전보다 깡마른 모습으로. 개는 묘지 중앙에 있는 어느 무덤 앞으로 터덜터덜 걸어갔다. 그러더니 무덤 앞에 놓인 망자의 더러워진 손수건 속에 코를 파묻고 한참 동안 냄새를 맡았다. 비바람에 낡고 닳아 소유자의 성분이라곤 티끌만큼도 남아 있지 않은 빈 껍데기. 개는 손수건 위에 자신의 마른 얼굴을 올리고 마지막 숨을 크게 들이마셨다. 나는 그 무덤 옆에 땅을 파고 개를 묻어주었다. 그리고 두 손을 합장하고 망자와 개가 어디선가 재회하길 기도했다.

"곤나 도코로데 나니 얏테룬다こんなところで何やってるんだ?"

'이런 데에서 뭐 하는 거야?' 겁도 없이 젊은 여자가 한밤중에 공동묘지를 서성이고 있었다. 여기는 주택가에서도 한참 떨어진 한적한 묘지다. 담력을 자랑하고 싶어 안달 난 젊은 녀석들도 잘 오지 않는 곳인데 어지간히 간이 큰 여자인 게 분명했다.

"앗, 깜짝이야. 쉿, 좀 조용히 해요."

여자가 쌀쌀맞게 조선말을 뱉더니 즉시 나를 무시했다. 반가웠다. 내 목소리에 대답하는 사람을 마지막으로 만난 게 언제인지 가물가물할 정도다. 여자는 허리를 깊숙이 숙여 무언가를 찾고 있었다. 이상한 봇짐을 잔뜩 짊어지고 있는 데다 괴이하게 생긴 모자까지 쓰고 있었다. 모자엔 가스등이 달려 있었는데 양손에도 번쩍이는 장비도 들고 있었다. 묘지가 아닌 곳에서 봤더라도 수상한 모습이었다.

"조선 사람인가 봐? 뭘 찾는데 그래? 꼴은 그게 또 뭐고?"

내가 조선말로 답하니 여자가 그제야 허리를 펴고 나를 돌아봤다.

"어, 한국분이세요? 한국어를 할 줄 아는 일본분이신 건가? 여기서 뭐 하세요? 우리 시스템에 등록된 분이세요? 성함이 어떻게 되시죠?"

내가 먼저 물었는데, 여자는 대답도 없이 나를 추궁했다. 한

밤중에 묘지에 들어서질 않나, 낯선 남자를 보고도 태연하질 않
나, 아무튼 묘한 젊은이다. 여자가 내 대답을 기대하지도 않았
다는 듯 먼저 자기소개를 했다.

"전 유미라고 해요. 무덤을 하나 찾고 있어요."

"난 도라이치라고 해."

"한국어를 잘하시네요?"

"일본말, 조선말 둘 다 잘하는 사람이야 많지."

이름을 말한 지 너무 오랜만이라 도라이치라고 발음한 뒤 나
는 조금 쑥스러웠다.

"누구 무덤을 찾는데? 여기 잠든 사람들 이름은 내가 다 꿰고
있으니 나한테 말해봐."

"진짜요? 근데 실은 묘비명을 몰라요."

무덤을 찾으러 왔다면서 이름을 모른다니? 유미가 곤란하다
는 표정을 지으며 한숨을 내쉬었다.

"묘비명이 다 한자로 쓰여 있다는 건 알고 온 거지? 까막눈인
건가? 읽지는 못하더라도 무슨 한자인지는 알고 찾아야 할 것
아닌가?"

유미가 사진을 한 장 보여주었다.

"이렇게 쓰여 있는 게 많다고 들었어요."

無緣之靈, 바꿔 말하자면 무연고자의 위령. 나는 그제야 묘비

명도 모르는 무덤을 찾는다는 말뜻을 알았다.

"아, 그거라면 저기 깡마른 나무 아래 있는 걸 말하는 것 같군."

"앗, 정말요! 감사합니다! 대박, 완전 시간 굳었어!"

유미가 환하게 웃으며 감사를 표했다. 마침 밤하늘에 구름이 걷히면서 보름달이 내비쳤다. 음침하던 묘지가 환해졌고, 쓸쓸하기만 했던 공간이 순식간에 흥미로운 곳으로 변모했다.

"음… 이 비석엔 아무것도 안 쓰여 있네요?"

유미가 가스등을 비석에 비추며 중얼거렸다.

"무연고 묘지라고 쓰인 비석도 있지만, 아무것도 적혀 있지 않은 비석도 많아. 여기 있는 비석들은 다들 이름을 가지고 있으니 무연고 비석은 이거 외엔 없어. 네가 찾는 장소가 여기가 확실하다면 말이지. 내가 계속 여기 머물고 있었으니까 믿어도 돼."

"네, 믿을게요. 근데 아저씬, 어쩌다 여기에 머물고 계셨나요?"

유미가 한숨 돌렸다는 듯, 그제야 짐을 내려놓고 비석 옆에 주저앉아 물을 마시기 시작했다. 나야말로 답하고 싶은 질문이었다. 한숨이 났다. 담배를 한 대 태우고 싶었다. 마지막으로 담배를 맛본 지가 언제인지도 기억나지 않았다. 어쩌다 보니 이곳에서 지내고 있다. 홀로 지내는 건 외로웠지만 누군가와 함께하고 싶지도 않았다. 누군가가 나를 찾아주길 바라는 마음보다 누구에게도 발견되지 않길 바라는 마음이 더 컸다. 아무도 나를 신경 쓰지 않기를 바랐다.

열아홉 살 때였다. 사람들에게 쫓기던 나는 무덤가에 버려진 관리 사무실로 숨어들었다. 사람들의 눈에 띄지 않는 그림자 속으로 모습을 감추자 다급하던 마음도 잔잔해졌다. 무덤을 집으로 삼고 있다는 게 자랑할 일은 아니지만 그럭저럭 지낼 만하다. 인적이 드물어 사람을 마주치지 않고 살기에 딱 좋고, 유족들이 공양하러 오기 때문에 음식도 끊이지 않는다. 나는 각 무덤의 기일과 유족들이 찾아오는 대략적인 시기를 기억해두었다. 심지어 망자가 생전에 좋아했던 음식이나 기호품도 전부 외워두었다. 입구 쪽에 안치된 고이케 씨 가족은 가장 자주 찾아와 이런저런 음식을 두고 갔고, 그 덕분에 나는 안정적으로 식량을 공급받을 수 있었다.

관리 사무실은 오랫동안 방치되었다. 수리하러 오는 사람도 없었다. 나처럼 버려지고 잊힌 존재가 된 것이다. 처음 도착했을 때, 나는 몸을 추스를 수 없을 정도로 다쳤던 터라 조금 쉬면서 건강을 회복한 뒤 다시 일을 찾으려 했다.

"입구 들어올 땐 조금 으스스했는데 지금은 괜찮네요. 게다가 달빛이 비치니 환하게 탁 트이고 좋네요."

유미가 콧노래까지 흥얼거리며 무연고 무덤 주변이 잘 비치도록 가스등을 나뭇가지에 고정했다.

"몇 살이니? 뭐 하느라 겁도 없이 밤에 무덤을 활보하고 다니는 거야? 여긴 도쿄야. 나는 안 무섭니?"

유미가 코웃음을 쳤다.

"나이가 무슨 상관이래요? 나이 든 사람은 무서운 거 없대요? 웬만하면 무서워하지 않아요. 그래도 아저씨 처음에 나타났을 땐 화들짝 놀랐어요. 일본 귀신인가 해서요."

"흥, 일본 귀신은 무섭나 보군?"

"아뇨. 제가 일본어를 못해서요. 한국 귀신이라면 말은 통할 거 아니에요. 그렇죠?"

평범한 대화를 나누니 반가운 마음이 일었다. 막걸리든 사케든 한잔하고 싶은 심정이었다. 이 야밤에 묘지를 찾는 사람이라니 제정신이 아닌 게 분명했지만 여기서 지내고 있는 나도 제정신이 아닌 건 마찬가지니 피차일반이었다.

"언제부터 여기 계셨던 거예요?"

나는 유미의 물음에 답할 수 없었다. 큰돈을 벌 수 있으리라 생각해 도쿄에 온 것은 아니었다. 다만, 고향의 가족들과 먹고 살 돈만이라도 손에 쥘 수 있길 바랐다. 이렇게 묘지에서 지내려고 도쿄에 온 것은 아니었다.

딱 한 번 묘지 밖을 나간 적이 있다.

"아노 스미마셍あの, すみません. 고코와 도코데스카ここは何処ですか?"

'저기, 죄송한데요, 여기가 어딘가요?' 용기를 내 말을 걸었지만 거리에서 마주친 시선은 언제나 등골이 서늘할 정도로 싸늘했다. 분주하고 냉랭한 도시 사람들은 적의로 가득 차 있는 것처럼 보였다. 수많은 사람에게 둘러싸여 있지만 외로운 곳, 도쿄는 그런 곳이다. 적막한 묘지로 다시 돌아오니 위축됐던 마음도 차분해졌다. 그 이후 묘지 밖으로 나가지 않았다. 세상은 다시 침묵 속으로 가라앉았다. 나는 먼지처럼, 반딧불처럼 묘지 위를 떠다녔다. 외로움만 잘 견딜 수 있다면 속 편한 삶이었다. 나를 쫓던 자들도 나를 잊었겠지. 그렇게 생각하니 더욱 속 편했다.

거미줄처럼 내 몸과 세상을 잇고 있는 투명하고 얇은 끈이 점점 사라지고 있음을 느꼈다. 주위엔 이미 사라진 사람들의 흔적뿐. 모든 것은 결국 사라진다고 말하는 듯한 망자의 비석을 바라보고 있자니 묘한 위로를 받았다. 거리에서 마주쳤던 사람들의 차가운 눈빛 속엔 무관심이 어려 있었다. 타자를 이해하지 않겠다고 결심한 무관심은 증오의 다른 이름이 아닐까. 시간이 더 지나면 나를 증오하는 시선도, 이유 없이 증오의 대상이 된 나도 사라지겠지.

사라질 순간을 묵묵히 기다리고 있는 처지지만 모든 상황을 달관한 것은 아니다. 꿈속의 한 장면이 늘 께름칙했다. 매일 밤,

한 살 정도 된 아기가 꿈속으로 찾아온다. 내 품에 안기려 엉금엉금 기어서 다가오는 아기는 표정이 일그러진 남자의 얼굴을 하고 있다. 흠칫 놀란 나는 뒷걸음질 친다. 결국 아이는 내게 다가오지 못하고 멀어져간다. 나는 아기를 안지 못해 아쉬우면서도 그 일그러진 얼굴 때문에 아기와 떨어져 다행이라고 가슴을 쓸어내린다.

"그럼 시작해볼까?"

내가 말없이 생각에 잠겨 있자 유미가 자리를 털고 일어나더니 비석을 옮기기 시작했다.

"뭐, 뭐 하는 거야?"

"유골을 수습할 거예요."

뭐라고? 맹랑한 젊은일세? 가지가지 하는군.

"도굴꾼이었어?"

"도와주실 거 아니면 조용히 계실래요? 아주 중요한 일을 하고 있거든요."

"중요한 일인지 아닌지는 모르겠다만 범죄 행위인 건 분명해 보이는군. 사람들이 알면 무덤을 파헤치고 다니는 조선인이 있다고 아주 난리겠어."

"그래서 일부러 밤에 움직이고 있는 거예요. 아주 난리가 나서 내가 왜 이러고 있는지 알리는 것도 나쁘진 않을 것 같지만 일단은 조용히 움직이려고 해요."

유미는 떠들면서도 쉴 새 없이 손을 놀렸다. 비석을 옮기고 삽을 꺼내 조심조심 흙을 퍼서 날랐다. 땀을 흘리며 한참을 낑낑대더니 어떤 자그마한 조각을 들어 올렸다. 유골을 발견한 듯했다. 유미는 진지한 눈빛으로 유골을 바라보았다. 나는 유미가 하는 행동을 조용히 지켜보았다. 담배 생각이 더 간절해졌다.

❖

'늦게라도 만납시다' 과거 의문사 유족들의 DNA 데이터베이스 구축

(ㅎ신문, 2023. 8. 15, 사회면)

청산되지 않은 과거사 진상규명을 위한 DNA 데이터베이스가 대규모로 구축 중이다. 신원을 확인할 수 없는 유골의 개인식별을 희망하는 유족들의 DNA 등록 건수가 20만 건을 넘어섰다. 한국 전쟁 당시 전사자 신원확인을 위해 구축한 국방부 유해발굴감식단 데이터베이스의 4배에 달하는 규모다.

2015년 전후로 DNA 검출 기술이 상용화되면서 각종 사고, 전쟁, 학살 등으로 사망해 신원을 알 수 없는 유골을 식별할 수 있게 됐다. 비교적 최

근에야 아주 소량의 DNA만으로도 STR 프로필을 정밀하게 분석할 수 있는 기술이 상용화되면서 유골의 신원 파악 정확도가 높아졌다. 기존 분석 기술로는 완전연소된 유골에서 DNA 추출이 어려웠으나 최근 추출 성공 케이스가 나와 주목을 받았다.

'과거사 진상규명 및 유골 DNA 등록 촉구 유족회' 활동의 일환으로 지난해부터 저가의 DNA 분석기가 보급되었다. 일제강점기부터 발생했던 주요 의문사 관련 유족들이 자발적으로 DNA를 입력해 데이터베이스를 구축했다. 전 세계 각지에서 수습된 한국인 추정 유골은 이 데이터베이스에 등록되며, 시스템 안에 이미 등록된 유족 데이터와 비교해 가장 근접한 유전정보를 매칭해준다. 유족들은 '늦게라도 만납시다(betterlatethannever_kr.org)'라는 사이트를 개설해 DNA 등록 및 분석을 주도하고 있다.

몇 가지 논란은 따른다. 유족의 DNA를 대량으로 데이터베이스화하는 것에 대한 보안 문제 및 오용 가능성, 시간이 경과해 실종자의 DNA를 완벽하게 채집할 수 없는 데이터 불완전성 등이 그렇다.

그럼에도 제주 4·3 유족, 광주 5·18 유족, 1995년 삼풍백화점 사고 유족 등 이 시스템을 통해 신원을 확인하는 경우가 늘자, 유족들의 기대는 높아지고 있다. 제주 4·3 사건 당시, 할아버지가 실종된 유족 김종민(가명, 43세) 씨는 늦게라도 만납시다 사이트에 가족 모두의 DNA를 등록했다.

"그날 마을 사람들과 함께 산에 오르셨다가 돌아가셨다는 건 여러 정황상 분명하거든요. 그런데 학살로 사망했다는 물증이 없어서 인정받지 못했어요. 가족들이 겪은 고통은 이루 말할 수 없어요. 마을 사람 중 가족에게 알릴 새도 없이 일본으로 떠나신 분이 계셨는데, 어떤 분이 할아버지가 배를 타고 떠나는 걸 봤다고 말했어요. 새빨간 거짓말이었죠. 하지만 증거가 없으니 남은 가족들은 답답하고 억울했습니다."

제주 4·3 사건 DNA 등록을 위한 추진위원회가 '가시리'에 매장됐던 유골의 DNA를 시스템에 등록한 직후, 김종민 씨는 매칭 결과를 통보받았다. 75년 만에 가족이 재회한 셈이다.

"데이터의 불완전성이 있다는 건 압니다. 하지만 이걸로 우린 살풀이했어요. 작년에 돌아가신 아버지도 억울함을 풀어서 다행이라고 말씀하시면서 눈을 감으셨거든요. 그것만으로도 저희는 만족해요."

DNA 정보를 가장 많이 등록한 이들은 일제강점기에 일본 본토에서 사망한 것으로 추정되는 강제징용 조선인, 학도군, 학살 피해자의 유족들이다. '일제강점기 학살 피해자 유해 수습 및 DNA 등록 운동 본부'는 조선인 추정 유골 수습과 DNA 등록을 우리 정부와 일본 정부에 요청했다. 오랫동안 유족들이 청와대 앞 시위를 통해 정부를 압박한 결과, 드디어 외교통상부를 통해 공식 서한을 전달하는 데까지 이르렀다. 하지만 이들의 요구는 지난달 일본 외무성에 의해 거부당했다. 아무리 조선인으로 추정되는 무덤이라 해도, 무연고자 무덤을 파헤치는 것은 민간 정서에 맞지 않다는 이유다.

김정희 기자 just_ice@h_news.com

❖

"신기한 걸 들고 다니네?"

유미는 무연고 무덤에서 채취한 유골을 액체가 들어 있는 작은 통 안에 담아 용해했다. 통에 연결된 장치가 자동으로 회전하며 작동했고 장치와 연결된 밝은 책에 내용이 표시됐다.

"이 장치가 저렴하게 보급된 덕에 아주 간단하게 DNA를 채취할 수 있게 되었어요. 이분, 뼛조각이 많이 남아 있어서 정말 다행이에요. 당시 일본의 장례 문화를 생각해보면 예를 갖춰 화장하는 게 일반적이었죠. 망자에겐 한없이 죄송한 일이지만 유골 조각을 발견한 게 저희로선 다행이에요."

"그걸로 뭘 알 수 있는 거지?"

"DNA의 STR 유전자 좌위 분석 리스트가 나와요. 해당 STR 프로필을 등록하면, 이 유골과 가장 유사한 유족 리스트를 검색해주고요. 쉽게 말해서, 이 유골 주인의 후손을 찾는 거죠."

몇 명의 유족이 후보군으로 표시됐고, 유미는 신중하게 비교했다.

"유골과 혈연관계인 사람을 찾는다는 말인 것 같군. 일치하는 사람이 있어?"

"네…."

유미가 실망한 듯 말했다.

"별로 기쁘지 않은 모양이네?"

"아니요. 기뻐요. DNA도 못 건지는 경우가 허다한데 이것도 엄청난 성과지요. 해 뜨는 대로 이 유족분께 연락해보려고요. 소식 들으시면 기뻐하실 거예요. 근데 저는 약간 실망했어요. 실은 제가 찾던 분의 유골이 여기 있을 거라 기대했거든요."

"아는 사람이야?"

"저희 할아버지의 할아버지, 저는 만난 적 없는 고조할아버지요. 벌써 100년이 되어가네요. 우리 할아버지는 고조할아버지가 돌아가신 시기와 장소를 알아내려고 엄청 고생하셨거든요. 제가 꼭 찾아드리고 싶었는데."

만난 적도 없는 선조의 유골을 찾겠다고 남의 나라에 건너와 묘지까지 뒤진다니. 대단하달까, 겁이 없달까.

"고조할아버지는 어쩌다 일본에 넘어오셨대?"

"일제강점기 때 건너온 사람이 한둘인가요."

죽은 자들이 잠들어 있는 땅에 둘러앉아 죽은 자에 대해 이야기하고 있자니 기분이 묘했다. 뭐가 그리 필사적일까? 내가 남은 생에 큰 희망이 없어서일까? 미동도 하지 않는 사람들의 차가운 눈빛에 익숙해진 탓일까? 유미의 이야기를 들으며 나는 덤덤하게 무덤 쪽으로 눈을 돌렸다.

무덤에는 '소토바', '이타토바'라는 이름의 길쭉한 나무판이 세워져 있다. 세로로 쓰여 있는 불교 경문. 한밤중에 그 윤곽을 보고 있자면 수많은 칼과 창처럼 보였고, 때때로 창을 들고 서 있는 사람들로 보여 흠칫 놀랄 때도 있었다. 한 손으론 창을 들고 다른 한 손으로 악수를 건네는 사람. 웬만한 바람에는 흔들리지 않는 그 윤곽은 마치 상대가 그 인사를 받지 않는다면 무자비하게 창끝을 들이밀 자들 같았다. 내가 왜 여기 머물고 있는지 절대 이유를 말해주지 않겠다는 듯 굳게 입을 다문 자들의 그림자 같았다.

❖

"과거는 과거, 아픔을 시간의 강물에 흘려보내자."
'유족 DNA 데이터베이스, 비과학적 살풀이 논란'
'일본 정부와 한국 지식인 그룹, 강력 반발'
(중립일보, 2023. 8. 28, 사회면)

"잃어버린 선조를 찾고 싶은 마음이야 이해하지만 살풀이를 두고 문제를 해결했다고 이야기하면 안 됩니다. 100년이 지나면 어떤 물질도 본 형태를 유지할 수가 없어요."

익명을 요구한 모 대학 역사학과 A 교수는 기자와 마주 앉자마자 이와 같이 역설했다. 현재 논란이 되는 수습 유해와 실종자 유족 DNA 매칭의 불완전성을 지적한 것이다. 한편, '개인정보 빅데이터 구축 반대 국민 연합'의 강경율 사무총장은 조금 다른 관점에서 '늦게라도 만납시다' 측을 에둘러 비판했다.

"사전에 동의를 받아 수집한 DNA 정보라곤 하지만 개인정보를 한곳에 모아둔다는 것은 위험한 발상입니다. 과거사를 제대로 정리하지 못한 정부에 대한 불만이 크기 때문에, 정권에 따라선 유족회를 반정부 단체로 간주할 수 있습니다. 즉, 유족들의 DNA 정보가 반정부세력을 관리하는 데에 악용될 수 있다는 거죠. 유족들이 현명히 판단하여 자발적으로 데이터를 삭제할 것을 촉구합니다."

데이터베이스 운영상의 문제를 지적하는 목소리도 높다. '늦게라도 만납시다' 운영위원회를 최근 퇴사한 익명의 관계자는 운영위원회가 법적 절차와 사회적 파장을 고려하지 않고 있으며 유족 이기주의에 빠졌다고 지적했다.

"아무리 조사위원이라 하지만, DNA 데이터베이스 접근 권한을 다른 사람에게 위임한다는 것도 문제입니다. 무엇보다 무덤을 파헤치다니 도덕적으로 지지받을 수 없는 방법 아닙니까? 이에 대한 외교적 파장도 우려됩니다."

일본 정부의 입장은 더 단호하다. 일본 정부는 한국 정부나 유족회가 선조들의 DNA를 찾겠다고 일본 사회를 뒤흔들고 다니는 것을 용납하지 않겠다고 선언했다. 지난달 25일부터 일본 외무성은 한국 국적자의 여행과 방문을 제한했다. 또한, 재일 동포들이 '늦게라도 만납시다' 운영위원회와 협조했다는 것을 빌미로 동포 사회를 검열 및 탄압하고 있다는 주장도 제기됐다.

한편, 지난달 사나다 치하루(71, 도쿄 아라카와구 거주) 씨가 유족 위원회에 유골 조각을 보내 DNA를 등록한 이후, '늦게라도 만납시다'를 통해 또 한 명의 신원 미상자의 신원이 식별되어 유족과 만났다.

"저도 할아버지에게 들은 이야기라 반신반의했습니다. 증조할아버지가 '센진 사와기(조선인 소란 사건)' 당시에 공장에서 함께 일했던 한국 사람을 다락에 숨겨줬는데 결국 발각되어 돌아가셨다고 들었어요. 일본어를 잘 못해서 이름도 모른다고 하셨어요. 그분의 유해를 수습해 무연고자 납골당에 안치하셨다고 일기에 적어두셨고요. 가족들이 대대로 안치되는 곳과 가까워서 직접 찾아가 유골 일부를 채집해 우편으로 보냈죠."

사나다 치하루 씨의 협조로 1923년 당시 살해당한 뒤 실종됐던 증조할아버지를 만난 정다해 씨는 감격을 전했다.

"사나다 씨께는 뭐라 감사를 표해도 모자라죠. 통역 봇을 끼고 화상통화를 했습니다. 이야기를 나눠보니 여러 가지 정황이 사나다 씨 증조할아버지의 일기 내용과 일치했어요. 그 후로 사나다 씨는 우리의 새로운 가족이 되었어요. 조그만 감사패와 한일 우정 비석을 만들어 증조할아버지가 안치되셨던 곳에 두고 유해를 모셔 왔습니다."

　감사패와 우정 비석은 대대적으로 일본 매스컴에 소개되었다. '센진 사와기 때 불쌍한 조선인을 도우려 했던 선한 일본인이 있었다는 사실이 자랑스럽다'는 인터뷰가 방영되어 또 한 번 논란을 불러오기도 했다. 가해자로서의 역사를 잊고 일부 케이스를 과장해 문제 해결과 사과로부터 눈을 돌리는 태도란 지적이다. 일본 정부와 시민사회가 지난 100여 년간 저질렀던 역사왜곡을 여전히 반복하고 있다는 비판이 이어지고 있다.

최중립 기자 middle@joong-lib.co.kr

❖

　유미는 땀을 닦으며 한숨을 돌렸다.

　"마지막 편지가 이 동네 주소였대요. 할아버지는 아직도 그 편지를 가지고 계시죠. 일본에 와서 보니 그 당시 행정구역과 이름이 달라진 바람에 엄청나게 헤매었어요. 당시 지도와 비교해서 이 동네라는 걸 알아내기까지도 시간이 걸렸죠. 고통스럽게 돌아가신 게 분명한데, 어떻게 살다 가신 건지…. 유골이라도 찾을 수 있다면 좋겠다는 마음으로. 이 근방 무연고자 묘비를 다 뒤지고 있어요. 저도 한땐 할아버지의 바람이 지나치다는 생각도 했어요. 이미 돌아가신 분인데 어쩔 수 없다고 생각했죠."

나는 잠자코 듣고 있었다.

"근데 시민들이 스스로 힘을 모아 DNA 데이터베이스를 구축한 거예요. 유전자 판독 기술이 너무 늦게 개발된 거라면, 그래서 유족들이 100년이나 기다려야 했던 거라면, 이제라도 확인해야죠. 기다리는 후손들이 자기 DNA를 전부 공개하면서까지 원하고 있잖아요."

"혹시 그 DNA 검사라는 건 어떻게 할 수 있나?"

"유골이나 피, 사람의 피부나 세포 같은 게 있으면 가능해요."

"머리카락도 가능해?"

"그럼요."

유미는 유골 조각을 통에 담았고 파헤친 무덤을 원래대로 단정하게 돌려놓았다. 아침 해가 떠오르려는 듯 주변이 조금 밝아오고 있었다.

"내가 계속 지니고 있던 건데, 혹시 일치하는 게 있는지 한번 봐주겠어? 내가 조선말을 할 줄 아는 것과 관련이 있을지도 모르니까."

나는 유미를 관리 사무실로 데려가 머리카락 부적을 놓아둔 곳을 가리켰다. 머리카락을 꼬아 만든 작은 노리개를 유미가 천천히 집어 들었다. 푸석푸석했다. 금방이라도 바스러질 것 같았다. 유미는 조심스레 머리카락 몇 가닥을 뽑아 장치에 넣어 돌렸다.

"흠. 모근이 남아 있으면 좋겠는데…."

유미가 중얼거렸다.

아침이 오려나 보다. 잠이 쏟아져 눈이 자꾸 감겼다. 술이나 한잔하다 잠들고 싶었다.

"선생님, 결과가 나왔어요."

핏물이 번지듯 점점 붉어지는 하늘을 멍하니 바라보던 나를 유미가 불렀다.

"데이터가 있어요. 여기, 정미래 씨와 일치해요."

"정말인가?"

나는 유미가 보여주는 밝은 책을 한참 들여다보았다.

"상당히 일치해요. 다른 후보군도 없고요. 제가 보기엔 이 머리카락의 주인공은 정미래 씨의 직계가족인 것 같아요. 모계 DNA가 부계 것보다 일치 가능성이 더 높으니까요. 이 머리카락은 정미래 씨의 어머니나 딸일 가능성이 높습니다."

"정미래…."

그 순간, 마음 깊은 곳에 오랫동안 봉인해왔던 기억이 아릿하고 선명하게 떠올랐다. 나는 현기증을 느꼈다. 유미가 내 얼굴을 들여다보았다.

"이 머리카락은 누구 건가요? 어쩌다 갖게 되신 거죠?"

나는 어디서부터 말을 해야 할지 먹먹했다. 흐릿했던 기억이 점차 선명해졌다.

❖

[단독] 감춰진 제노사이드, 기술이 역사 앞에서 진실을 묻다

(K-media 특집 다큐멘터리 '대학살의 물증', 2023. 9. 2)

일본 정부가 전 세계 우익 정부들에 전방위적 로비를 펼치면서 1923년 발생한 관동대지진 조선인 대학살을 없었던 일로 덮으려 하고 있다.

일본 사사즈카 재단은 아우슈비츠의 대학살이 유대인들의 역사왜곡이라고 주장하는 서방 우익 그룹과, 아프리카에서 발생한 대학살의 피해자들이 풍토병과 전염병에 의한 사망자일 뿐이라고 주장하는 유럽 우익 단체에 경제적 지원을 수년간 지속해왔다.

"학살이 실재했다는 증거가 불충분하다. 이것이 그들 주장의 핵심입니다. 증언이 아니라 물증을 가져오라는 것이죠. 벌써 100년 전의 일인데 물증을 가져오라니, 타임머신이라도 개발해야 인정할까요? 아니요. 그 어떤 물증을 들이밀어도, 심지어 타임머신이 있어도 그들은 절대로 인정하지 않을 겁니다." (재일 동포 K 씨, 68세, 오사카 거주)

"깜짝 놀랐습니다. 양심선언을 한 당시 가해자가 우리 동네 주민인 가토 씨였어요. 우리 증조할아버지는 가토 씨 집에서 집안일을 하던 이주 조선인이었는데, 가토 씨 집 앞에서 사살당했죠. 우린 재일 동포 5세로 아직 이 동네에 살고 있어요. 심지어 지금 저는 가토 씨가 운영하는 회사에서 일하고 있죠. 치욕스러운 일입니다." (귀화 재일 동포 I 씨, 59세, 도쿄 아다치구 거주)

"집계된 사망자가 6,000여 명, 실제 사망자는 수만 명에 이를 것으로 추정됩니다. 장소도 아주 광범위하죠. 당시 도쿄에서 살았던 일본인이라면 어떤 방식으로든 참가했거나 방조했고, 적어도 외면 또는 회피했다고 말할 수 있습니다. 아주 많은 수의 일본인이 당시 가해자들, 자경단들의 유족들이라는 얘기입니다. 끔찍하죠." (가타오카 겐지 씨, 66세, 도쿄 스기나미구 거주)

(자료화면, 자경단이 긴 창을 들고 마을을 순찰하는 모습. 자료 제공 : 재일 동포 다큐멘터리 감독 오충공 씨)

학살에 가담한 사람은 체포되지 않았으며 지금까지 한 명도 처벌받지 않았다. 학살을 조직적으로 지휘했던 정부가 모두 무죄로 처리했기 때문이다.

일본은 19세기 제국주의 시대 당시 피식민지를 가지고 있던 국가들과 연합체를 결성했다. 지난달 1일, 과거 문제를 일단락하자는 취지의 활동을 벌이는 '미래로 가는 범국제연대기구'가 발족했다. 해당 단체는 DNA 데이터베이스 대조 운동에 공식적으로 유감을 표명했다.

(영상 편집 : K-media 제작팀)

❖

댐에 가둬두었던 물이 방류되듯 옛 기억이 터져 나왔다. 꿈속에서 내게 엉금엉금 다가오는 아이가 떠올랐다. 아내의 작고 마른 몸에서 나온 딸은 하루가 다르게 자라났다. 소작료나 수리조합비, 수선비 같은 것을 충당하지 못해 궁핍한 날들이 계속됐다. 죽을 만큼 배가 고파 봄이 오는 징조조차 감지하지 못하던 시절이었다. 젖이 나오지 않는 엄마의 몸을 아기가 자꾸만 닦달했다. 그즈음 이름도 모르면서 친근하게 굴던 어떤 자가 도쿄에 가면 목돈을 벌어 올 수 있을 거라고 얘기했다. 나는 죽을 각오를 하고선 도쿄를 다녀오기로 했다. 도쿄로 떠나기 전날 밤, 1년만 고생해 돌아오겠다고 아내에게 약속했다. 불안을 이겨내려는 듯 아내가 희미하게 웃었다. 돌이 채 되지 않은 아기가 몇 번이나 내게 다가와 품에 안겼다.

기억을 되짚으며 말을 잃은 내게 유미가 다시 물었다.

"이 머리카락은 누구 건가요?"

"내 딸 거야."

"그럼 이 머리카락의 주인이 정미래 씨의 어머니이고, 즉 정미래 씨가 선생님의 손녀라는 얘기가 되는데요? 선생님, 한국인이셨군요?"

나는 사진 속 정미래라는 사람의 얼굴을 빤히 들여다보았다. 어쩐지 눈매가 아내 모습을 닮은 것 같았다. 나는 코를 훌쩍였다.

"웬일인지 오늘은 기억이 좀 나는군. 딸이 태어나고 한 살도 채 안 될 때 도쿄로 넘어왔지. 떠나기 전에 아내가 아기의 머리카락을 꼬아 부적처럼 만들어줬어."

줄곧 잊고 싶었던 기억이 또렷하게 떠올랐다. 내가 이 관리 사무실에 숨어들어 왔던 날의 기억이었다.

"이걸 찌르면 그냥 보내줄게."

어떤 남자가 말했다. 너무 많은 사람에게 둘러싸여 도저히 도망가거나 저항할 수 없었다. 빠져나갈 방법을 찾아야 했다. 일본말을 잘했던 내게 그들은 시험 문제를 냈다. 쓰러져 있는 시체를 창으로 찌르면 일본인이라 인정하겠다는 것이었다.

나는 눈을 질끈 감았다. 어차피 시체였다. 도쿄에서 일하면 목돈을 벌 수 있다고 속인 사람이 떠올랐다. 나를 노예의 삶으로 밀어 넣은 그 사람의 시체라 생각하자. 아니, 진짜 그 사람일지도 몰라. 그렇게 생각하니 시체가 아니어도 당장 찌를 수 있을 것 같았다.

"뭐해 얼른 찔러!"

아무리 시체라지만 내가 찌를 수 있을까? 아니, 찔러야 했다. 살아서 돌아가야 하니까. 나는 두 손으로 창을 쥐었고 등을 보인 채 쓰러져 있는 시체 위로 천천히 체중을 실었다. 그 순간, 창끝을 통해 떨림이 느껴졌다. 아직 죽지 않은 몸이 움찔하며 마지막 몸부림을 쳤다. 숨이 붙어 있던 자의 마지막 생명줄을 내 손으로 끊은 것이다. 손이 덜덜 떨렸다. 우리 고향을 헤집고 다니며 나를 도쿄로 보낸 사람의 얼굴을 하고 있다면 괜찮을까. 얼굴을 확인하고 싶었다. 만약 시체의 얼굴이 그 사람과 비슷하게 생겼다면 죄의식이 조금이나마 덜어질 것도 같았다. 천천히 시체를 뒤집어 얼굴을 확인했다. 전혀 모르는 사람이었다. 어린 소년이었다. 열다섯은 됐을까? 온몸의 떨림이 멈추지 않았다. 일본말이 들렸다.

"이 새끼 불온 조선인이군. 죽여라!"

꿈속에서 본 아기는 내가 숨을 끊은 소년의 얼굴을 하고 있었다. 서럽고 비통하고 죄스러운 감정이 휘몰아쳤다.

"정미래 씨가 찾고 있는 사람은 황호일 씨예요. 정미래 씨의 어머니 성함은 황순옥. 황호일 씨는 1923년 관동대지진 직후, 조선인 대학살 때 사망하셨습니다. 당시 제방 건설 노동자로 일하셨던 기록이 남아 있습니다. 고향에서 소작농으로 일하셨던 성실한 분이라 일이 고단하다고 멀리 떠나진 않으셨을 거라고 짐작해요. 조선에 계신 아내에게 보낸 편지에도 이곳 주소가 적혀 있었습니다. 그런데 1923년 가을 이후로 연락이 두절됐어

요. 유족들이 사방으로 수소문했지만, 결국 찾을 수 없었죠. 그
즈음에 돌아가신 것으로 추정만 하고 있었어요."

나는 묵묵히 듣고 있었다. 순옥이… 황순옥….

"정미래 씨의 할아버지, 방금 제가 수습한 것은 황호일 씨의
유골입니다."

유미는 방금 무덤을 파헤쳤던 무연고자 비석을 가리켰다.

"선생님의 성함인가요? 황호일, 선생님?"

나는 천천히 고개를 끄덕였다.

"'호일'이라는 이름을 일본말로 읽으면 '도라이치虎一'가 되는
군."

아침 해가 떠올랐다. 그제야 기억이 났다. 내 이름이 황호일이
라는 것까지. 건설 현장에서 함께 일했던, 나만큼이나 가난했던
하층민 일본인. 내 이름을 한자로 알려주자 그가 멋대로 도라이
치라 불렀고 그것은 내 일본 이름이 되었다.

1923년 가을 그날, 나는 깊은 상처를 입은 채로 산더미를 이
룬 시체 무덤에 던져졌다. 마지막 힘을 다해 차가워진 시체를
헤집으며 빠져나왔고, 비어 있는 이곳 관리 사무실로 간신히 도
망쳐 들어왔다. 며칠 후 간신히 정신이 들었지만 밖으로 나가
도움을 구할 엄두가 나지 않았다. 공양 음식을 먹으며 버텼다.
그러나 오래가지 못하고 마지막 순간을 맞이했다. 정신이 들었

을 땐 이상할 정도로 멀쩡했고 아무것도 기억나지 않았다. 어떤 이가 관리 사무실 안에 있던 내 시신을 수습해 깡마른 나무 아래에 묻어주었던 것 같다. 내가 사람들에게 발견되고 싶지 않았던 건 망령이 되었기 때문이었구나. 무연고 무덤 비석에 내 이름이 적혀 있었다면 망령이 된 처지라는 걸 알았을 것을. 결국, 죽어서까지 기억을 잃고 고향 아닌 곳에서 떠돌고 있었구나.

유골의 이름을 확인하자 유미가 무언가를 준비했다. 주변을 깨끗이 정리하고 간단하게 몇 가지 소품을 늘어놓았다. 그 후, 작은 시트를 깔고 신발을 벗었다. 유미가 정중하게 두 번 절했다. 나는 곁에서 유미가 하는 것을 지켜봤다.

얼마나 오래 여기에 머물렀던 걸까. 유미의 말대로라면 벌써 100년이나 지난 것인가.

유미가 붓을 꺼내 아무것도 쓰여 있지 않던 비석에 조선말로 '황호일'이란 이름을 커다랗게 적었다. 그러더니 술을 비석에 뿌렸다. 보통 술이 아닌 듯했다. 연기가 피어올랐고, 붓으로 쓴 이름은 아주 선명한 먹색이 되어 단단히 비석에 새겨졌다. 비석 주변을 은은하게 비추던 가스등은 아침 해가 떠오른 뒤부턴 더는 눈부시지 않았다.

"이제, 이름을 가진 비석이 되었어요."

고향 풍경이 떠오른다. 마을의 논은 수탈을 예감하는 마음을 비웃듯 고고하게 푸르렀다. 다친 몸으로 이곳에 들어온 뒤 나는 고향을 그리는 습관을 버렸다. 아무리 농사를 지어도 보릿고개를 넘길 재간이 없는 곳이다. 목돈을 쥐어 돌아가려던 계획마저 물거품이 되자 나는 아예 고향 생각을 멈췄다. 아내와 부모님, 장인과 장모 그리고 딸아이와 고향 친구들. 고향을 잊기로 차갑게 결심한 내 뒤통수에 대고 그들이 자꾸만 내 이름을 불렀다. 밤마다 어둠 속에서 떠오르는 그 얼굴들을 외면해야 했다.

"아아아빠아아아…."

옹알이를 배운 한 살짜리 딸아이가 나를 부른다. 매일 밤, 아무리 밀쳐도 다가오던 내 딸. 오늘 기어이 내 품에 와서 안긴다.

순옥아, 내 딸 순옥아….

고향에 가고 싶다. 돌아갈 때가 된 것 같다.

"담배를 좋아하셨다고 들었대요. 따님이 남기신 기록이 있네요. 예전에 태우시던 것과는 다른 거지만 한 대 드릴게요."

유미가 가방을 뒤적여 불을 붙여 비석 위에 올렸다. 나는 그 자리에서 한숨을 크게 들이쉬었다가 천천히 내뿜었다. 피를 토하듯 입에서 하얀 연기를 토했다.

"야밤에 무덤에서 뭘 하나 했더니 마지막 제사를 지내주러 왔구먼."

"첫 제사를 지내는 거죠."

"나와는 어떻게 대화가 가능했던 거지?"

"그게 참 신기해요."

유미가 말했다.

"선생님은 저희가 구축한 '관동 대지진 조선인 대학살 증언 시스템'의 증강현실 속으로 찾아와주셨습니다. 당시 현장을 목격한 증언자들의 구술과 각종 데이터를 기반으로 저희는 사건 당시를 재현하는 시스템을 제작했습니다. 당시 지도와 현재 지도를 대조해 증강현실 공간을 구축했고, 그 안에 증언자들과 피해자들을 아바타로 설정해 넣었어요. 그렇게 모든 데이터와 인물 정보를 넣은 증강현실을 현장 답사 시 활용했고요, 답사 중에 현장 정보를 실시간으로 스캐닝하면서 데이터를 추가하며 보완했습니다. 시스템 속 아바타들이 현장 정보를 설명해주는데, 일본인 증언자도 많아서 일본인 아바타가 자주 튀어나와요. 그래서 처음에 선생님이 일본인 아바타라고 생각했어요."

유미가 놀랍다는 듯 말을 이었다. 나는 고개를 갸웃한 채 묵묵히 이야기를 들었다.

"그런데 어느 날 저희가 현장에서 채집한 DNA를 등록했는데, 어떻게 된 일인지 누군가가 선생님처럼 저희에게 말을 걸어오셨어요. 저희가 등록한 기록이 아니었어요. 현장 정보를 스캐닝했을 때 지상에 머물러 있던 의식이 저희 증언자 아바타를 통해 우리에게 말을 거신 거죠. 오늘 선생님처럼요."

"무슨 얘기인지 잘 모르겠다만, 이렇게 만나게 돼 기쁘군."

"남은 자들만 움직이고 있다고 생각했어요. 그런데 선생님 같은 분이, 당신이 우리를 부르셨다는 것을 이제는 알아요."

나는 묘비를 빤히 바라보았다.

"나 같은 사람들과 말을 할 수 있다면, 나처럼 가족들과 인사도 못 하고 떠난 옛날 사람들을 아주 많이 만나겠구먼."

해가 완전히 떠올랐다. 무덤터가 따듯해지고 있었다.

"이젠 고조할아버지를 찾으러 갈 텐가?"

"네, 몇 군데 더 돌아보려고요."

"내가 알고 있는 곳을 알려주지. 비석이 남아 있지도 않고, 사람들에게 알려지지 않은 곳이야. 수백 구의 시체와 사상자를 생매장했다고 알려졌지. 야밤에 몰래 사체들을 통째로 옮겨놓았더군. 죽기 직전에 아라카와강 둔치에서 목격했지. 이 관리 사무실에서 머물면서 말이야. 따로 화장한 것도 아니니 분명 뭔가가 나올 거야. 망령들이 떠들어대면 아주 시끄럽겠어."

나는 유미에게 손가락을 가리켜 그곳의 위치를 알려줬다.

"감사합니다."

"이 방향으로 쭉 가면 큰 다리가 나오는데 다리 남쪽 끝에 큰 나무가 있어. 그 나무에서 동북쪽으로 1리 정도 떨어진 곳일세.

깊숙이 묻지도 못했을 거야."

"데이터엔 없는 기록이네요. 증강현실 속에서 만난 증언자께 새로운 정보를 들었다고 하면 엄청난 후폭풍이 일겠어요."

❖

대학살 기록한 증강현실 '니시자키' 로그와 대화하기

'관동 대지진 조선인 대학살 증언 시스템'에서 만난 사람들

(K and J 채널, DNA가 품은 기억이 증언하다, 2023. 9. 8)

1923년 조선인 대학살, 증언 취합 시스템 '니시자키' 속에 증언자들이 살고 있다?

1923년에 발생한 관동 대지진 조선인 대학살 당시, 관동지역 전 지역별로 목격자, 가해자, 생존자, 유족 등의 증언을 기반으로 데이터를 모아 증강현실로 재현한 시스템이 '니시자키'다. 도쿄 지구별 1,100개의 증언을 모아 2016년에 발간한 증언집을 주요 데이터로 삼고 있으며, 시스템의 이름은 증언집 저자인 니시자키 마사오 씨의 이름에서 따왔다. 당시 행정 지역명과 현재 지역명, 도로명 등을 현재 지역 지도와 오버랩해 비교할 수 있으며, 사건 발생 시간순, 피해자순, 발생지역순으로 정렬도 가능하다. 위치 정보, 날씨, 주변 열 감지, 방사능 농도 등 답사 당시 현장 정보를 실시간으로

스캐닝해 연대별 변천사 데이터를 자동으로 업데이트한다. 답사 시점의 정보가 추가되며 시기별 데이터가 축적된다. 유해 수습 담당자는 해당 증강현실을 실행시키면서 현장을 답사한다.

"항상 니시자키 시스템을 켜고 답사합니다. 아바타가 유적지 해설자처럼 현장에서 당시 상황을 설명해주죠. 증언자들과 함께 현장으로 시간여행을 떠나는 기분입니다."

유해 발굴단 박유미(23, 일본명 기노시타 유미) 씨는 니시자키 시스템 공동 개발자를 부모로 둔 딸이자 학살 당시 실종된 것으로 추정되는 고조할아버지를 둔 3대손이기도 하다. 한국인 아버지와 일본인 어머니 사이에서 태어나 한국에서 나고 자란 박 씨는 최근 일본 국적을 취득해 일본에서 활동을 시작했다. 양국의 정체성을 모두 가진 그녀는 부모님이 만든 시스템을 활용해 자신의 활동을 이어가고 싶다는 의지를 보였다. 특히 일본인 정체성을 가지고 조선인 대학살 진상 규명 활동에 참여하는 것에 큰 의미를 둔다고 밝혔다.

"위치 정보에 기반해 당시 건물 상태나 도로, 지반 등을 재현하는 데이터를 실시간으로 보며 답사합니다. 그러다 데이터와 전혀 일치하지 않는 목소리를 듣게 됐죠. 데이터가 일치 하지 않을 때가 더러 있었던 터라, 처음엔 버그이거나 불량 데이터라고 생각했어요. 녹취 정보는 가해자들의 양심선언으로 이뤄져 있다 보니, 기억의 착오로 인한 왜곡된 정보뿐만 아니라 미묘하게 왜곡된 정보도 섞여 있죠. 그런데 그 목소리가 말해주는 정보란 기존 정보하고는 완전히 다른 것이었어요. 목소리는 녹취 정보에 새로운 정보를 보충하고 있었습니다."

그 이야기에 박유미 씨는 귀를 기울였다고 말했다.

"미신이라고 얘기할 분도 계실 거예요. 저도 처음엔 의심했었습니다. 하지만 아바타의 내용을 따라갔다가 아무 표식도 없는 현장에서 유골을 발견한 거예요. 그 후론 귀를 기울였습니다. 데이터가 말을 걸어온다고 해야 할까요. 마치 특수한 보청기를 낀 덕에 들리지 않았던 소리를 갑자기 듣게 된 것 같았어요."

박유미 씨는 시스템 속에서 만난 아바타의 추가 증언으로 그동안 알려지지 않았던 암매장 장소를 발견하게 됐다고 주장했다.

"제가 우연히 발견했다고 하기엔 이상한 점이 많았어요. 100년 가까이 베일에 가려져 있던 장소를 발굴했으니까요. 보이지 않는 상태로 떠돌았던 과거 사람들의 기억과 목소리가 현재 우리가 인지할 수 있는 방식으로 복원된 것입니다. 스스로 증언하겠다는 피해자들의 의지가 지금도 존재한다고 표현하고 싶습니다."

박유미 씨가 사명감에 도취해 과장해서 이야기하는 거라고, 그저 상상에 불과하다고 선 긋는 이들도 있었다.

"믿기 힘든 이야기일 수 있어요. 하지만 감춰진 이야기를 밝혀내는 일은 역사나 제도가 남긴 공백을 메우는 것, 상상하는 것에서부터 시작한다고 믿어요."

그래서 박 씨는 제도나 기술을 다루는 사람들에게도 상상력을 가져달라고 촉구하고 싶단다.

"유골을 더욱 인도적으로 수습할 방법이 필요해요. 그 방법이란 외교나 사회적 제도, 또는 과학기술이 될 수도 있을 겁니다. 우리 세대 때는 매듭지어야 하지 않겠어요?"

(촬영 : K and J 채널 영상팀)

❖

"후우…."

살이 에도록 날씨가 추웠다. 따끈한 입김처럼 하얀 담배 연기가 하늘로 올라갔다. 기억을 잃어가면서까지 이곳에 머물렀던 이유를 이제야 알았다. 이제 내 역할을 다한 것 같다. 유미에게 장소를 알려주기 위해 길게 뻗었던 손끝이 투명해졌다. 손가락 끝에서 시작해 점점 몸 전체가 희미해지고 있었다. 유미는 뼛조각 하나를 고이 포장해 가방에 담았다.

"손녀분께 전달해드릴게요. 선생님을 만났다는 이야기도요."

나는 고개를 끄덕였다.

"고맙네. 애들에게 일찍 돌아가지 못해 미안했다고 전해주게."

유미는 깊숙이 허리를 숙여 작별 인사를 했다. 장비를 짊어진 젊은이가 조용히 묘지를 떠났다.

나는 내가 잠든 곳을 마지막으로 돌아보았다. 묘지의 가장 구석 자리, 육신이 썩어 퇴비가 돼주었음에도, 무성해지지 못하고 깡마른 채 쇠약한 몸으로 덩그러니 살아남은 나무가 보인다. 그 나무 바로 아래, 투박한 비석이 보였다. 그동안 아무것도 쓰여 있지 않았던 쓸쓸한 비석에 이름 세 글자가 선명하게 새겨져 있다. 아침 햇살을 받으며, 나는 내 이름을 부르는 소리가 들리는 곳으로 발걸음을 옮겼다.

당신의 기억은 유령

올해 마지막 따스함을 선사하겠다는 듯 늦가을 햇볕이 8인실 병실에 찾아들었다. 환자들과 그들의 고통을 함께 버티는 환자 가족들이 담소 속에서 병마가 짓누른 삶의 무게를 견뎌내는 중이었다. 몇몇 가족들이 어깨 통증을 이겨내며 스트레칭을 했고 몇몇은 티브이에 흐르던 재방송 다큐멘터리를 논평했다. 그 사이로 할아버지의 목소리가 쇳소리처럼 울려 퍼졌다.

"괄호 열고, 옵션 열기, 괄호 닫고. 제주도 난민한테 세금으로 아동 수당까지 준다니? 이게 나라냐! 650원."

구어체가 아닌 이상한 말이 할아버지의 입에서 튀어나왔다. '괄호 열고, 옵션 열기, 괄호 닫고'는 기호를 음성으로 발화하면서 변환된 말인 것 같았다. 병실에 싸늘한 침묵이 흘렀다. 사람들은 병실 안 메아리를 애써 흘려보내며 딴청을 부렸다. 할아버지의 메모리 분열증이 점점 심각해지고 있었다.

1

티브이에선 유럽의 작은 섬 '클라우드 아일랜드'의 고양이들을 소개하는 다큐멘터리가 나오고 있었다. 클라우드 아일랜드. 전 세계 슈퍼 부자들이 우아하게 노후를 즐기다 떠날 수 있도록 최고급 호스피스 시설이 준비된 섬. 일반인들은 평생 듣도 보도 못한 금액을 지불한 뒤 입주자들은 독점적 안전성과 특별대우를 보장받는다. 해당 시설에 무상으로 입주한 건 그 동네 길고양이들뿐이다. 그렇다 보니 사람들은 애먼 고양이들만 질투했다. 고양이들이 시설의 가치를 이해해 자신들의 특권을 뽐낼 일도 없을 텐데.

티브이에 시선을 고정하고 있던 환자들이 각자의 회한과 의견을 담아 한마디씩 보탰다.

"녀석들 전생에 나라라도 구했나?"

교회 지인들이 찾아와 함께 기도하던 환자가 환생을 이야기했다.

"어디래? 비행기 삯은 비싸려나?"

화장실 가는 것도 간호인 도움이 필요한 환자가 꿈꾸듯 말했다.

"아, 제주도라도 한번 가봤으면 좋겠네. 평생 일만 하다가 이제 좀 쉴 만하니 병원 신세야."

청렴하지 않은 백수였다고 얘기했던 또 다른 환자가 회한했다.

"씨부럴, 개 팔자가 아니라 고양이 팔자가 상팔자구먼."

평소 무자식이 상팔자라고 지인들 앞에서 말하던 할아버지가 말했다. 할아버지의 자식의 자식인 나는 무안한 마음으로 그의 말을 들었다. 동물 다큐멘터리는 고양이에 이어 개의 모습을 보여줬다. 마당에 목줄이 걸린 채 졸고 있는 누런 개가 화면에 나오는 순간, 옛 기억이 줄줄이 딸려 나왔다. 똥개가 묶여 있던 옛집 풍경이 어슴푸레 소환되었다. 봉인해두었던 기억이 검푸르게 떠올랐다 흩어졌다.

어렸을 때 나는 할아버지와 단둘이 살았다. 나를 낳기만 했을 뿐 가족이었던 적이 없었던 엄마. 내 유년 기억에 아무런 자취를 남기지 못한 채 세상을 등진 아빠. 내게 남은 유일한 혈육인 할아버지와 함께 살아가는 나를 보면서 이웃들은 남과 사는 게 나을 뻔했다고 동정했다. 결손 가정, 보호자 부재, 빈곤, 애정 결핍, 정서 결함 같은 단어는 나를 정의하는 설명에 늘 따라붙었다. 나는 삶의 곤궁함을 드러내지 않는 법을 일찍 체득했다. 그러나 애어른 같다는 단어가 설명에 추가되었다.

무엇보다 할아버지를 견디는 삶이 가장 큰 결핍이었다. 할아버지는 오랫동안 굶어 늘어져 있는 개의 옆구리를 자주 발로 찼다. 비를 피할 지붕도 없이 두고는, 짧은 줄로 목을 묶어 꼼지락거리는 것도 허락하지 않았다. 키웠다고 말하기엔 미안할 정도로 방치한 뒤, 결국 개장수에게 팔아먹은 똥개. 할아버지는 상팔자가 되지 못한 자기 신세를 한탄할 때마다 개를 학대했다.

할아버지가 개를 발로 차던 장면은 요즘도 자주 기억난다. 아픔을 호소하던 개의 절규는 외마디 소리조차 되지 못했다. 똥개가 낸 신음은 코끝에 매달려 있다 흩어졌다. 똥개에겐 이름도 없었다. 동네 사람들의 잡담 속에 '그 집 불쌍한 누렁이'라는 말이 나오면, 다들 그 누렁이가 우리 집 개라고만 알았을 뿐이다.

당시 광경을 나는 늘 담담하게 떠올린다. 구차한 삶을 저주하듯 매일매일 개를 발로 차며 살았던 젊은 할아버지도, 가난한 집에 묶여 있다가 식용으로 생을 마친 비운의 개도 연민하지 않았다. 인간이든 개든 지붕 없는 곳에 사는 게 운명이라 여겼다. 그게 내가 구축한 유일한 방어기제였다.

세상 누구도 동정하지 않는 것은 동시에 누구도 부러워하지 않는 것과 같은 것일지도 모른다. 어차피 어떤 사람들이 그림자 속에서 비참하게 죽어가며 허우적거릴 때, 어떤 사람들은 눈부신 스포트라이트 아래에서 춤추며 태닝을 즐긴다. 사나운 팔자든 상팔자든 어떤 인생을 바라보더라도 나는 동요하지 않았다. 서늘한 내 심장의 동토에 묻어두면 어떤 감정이라도 조용히 썩어갔다.

다만 똥개의 옅은 신음은 꿈속에서도 자주 들려왔다. 그때마다 뚝 하며 필라멘트가 끊기듯 무언가가 끊어지는 파열음이 나를 꿈에서 깨우곤 했다.

반추동물이 게워낸 토사물처럼 갑자기 솟구친 기억을 시큼하게 맛보고 있는 사이, 사람들의 화제가 클라우드 아일랜드에서 제주도로 넘어갔다.

"제주도에 가면 전복 요리는 '앞바다식당'에서 꼭 먹어야 해."

"거기 티브이에 나온 데잖아? 가봤어요?"

그러자 할아버지가 호령하듯 큰 목소리를 토했다.

"괄호 열고, 옵션 열기, 괄호 닫고. 제주도 난민한테 세금으로 아동 수당까지 준다니? 이게 나라냐! 650원."

썰렁해진 병실에 다시 침묵이 흘렀다. 할아버지의 말이 처음부터 들리지 않았다는 듯 사람들이 시선을 회피했다.

"할아버지, 하지 마."

할아버지가 불신자를 저주하는 선교사처럼 무구한 눈빛을 보이더니 돌아누웠다.

노인들을 대상으로 치매 예방 및 치료를 위한 해마 업그레이드 및 메모리 증설 시술이 보편화되었다. 덕분에 치매 발병률은 낮아졌고 평균수명은 늘어났다. 하지만 기쁨도 잠시, 곧이어 신형 바이러스가 덮쳤다. 몇 년 전부터 해마 분열증 환자수가 이전의 치매 환자수를 고스란히 대체하기 시작했다. 할아버지는 해마 분열증 말기다. 분열증은 뇌 손상과 함께 신체 건강에 급속한 쇠약을 가져왔다. 하지만 분열증 발병 이전부터 할아버지는 자기가 한 말을 잘 기억하지 못했고 맥락 없는 말을 잘했다. 타인에게 상처 주는 언행도 거침없이 했다. 죽음이 매 새벽처럼 찾아올 거란 선고를 받은 와중에도 노인의 감수성은 평생을 그래왔던 것처럼 일관성 있게 사납고 모질었다.

나는 클라우드 아일랜드의 고양이 사진을 스마트폰으로 검색해봤다. 따듯한 해풍을 맞으며 애니메이션 풍경처럼 비현실적 핑크빛 구름을 머리 위에 인, 길고 고운 하얀 털을 날리는 고양이 사진이 떴다. 섬의 고양이들은 온난한 기후와 아름다운 풍경에 둘러싸여 지적이고 교양 있는 사람들에게 보살핌을 받는다. 그래서 태어난 순간부터 왕족인 사람처럼 우아하고, 풍류를 아는 한량처럼 한껏 게으르다. SNS 인기 덕에 제멋대로 살던 고양이들은 사진집이 되고 달력이 되어 팔려나가며 온라인상에서 큰 인기를 누렸다. 입주자가 채 100명이 안 된다는데 고양이들은 차곡차곡 증식해 200여 마리로 늘었다고 한다. 입주자 한 명이 자발적으로 담당하던 고양이가 두세 마리씩 늘었다. 그 바람에 시설이 고양이 돌보미를 따로 채용하기로 했고 채용 공고가 뜨자마자 시설 홈페이지는 즉시 다운되었다. 어마어마한 경쟁률이 증명하듯 업무 강도와 보수는 이 세상 것이 아니었다.

"우리 공주님 불쌍해서 어떡해!"

할아버지의 발작이 시작되었다. 쇠약한 몸 어디에서 저런 쩌렁쩌렁한 목소리가 나오는 걸까.

"빨갱이들이 스마트폰에 독을 풀었다고!"

사람들이 귀를 막았다. 나는 호스피스 크루를 호출했다. 발작 간격이 점점 좁혀지고 있다.

"황제 폐하는 무죄야! 어디서 무엄하게!"

할아버지 같은 편협한 사람에게 동정받는 황제라면 애초 대접받을 가치가 없는 게 아닐까. 이미 배부른 누군가의 이익을 옹호하느라 정작 자신의 추레한 생사 문제조차 딴전이라니. 나는 병실 보호자석에 앉아 한숨을 쉬었다.

할아버지는 광장에서 편향된 데이터를 주입받았다. 할아버지는 수년 전부터 돈을 받아가며 증설 메모리 장치에 데이터를 새겨 넣었다. 정치적으로 의도가 뻔한 정보. 그렇게 유입된 정보는 할아버지와 같은 정보 취약계층에겐 마약이나 다름없었다.

2

– 제이, 전화했는데 안 받네요. 바로 연락 좀 주세요. ASAP.

경쾌한 알림 벨이 울렸다. 계약 내용을 수정해 마감을 앞당기
자는 클라이언트의 일방적이고도 담백한 연락이 도착했다. 이
러려면 계약서는 왜 작성한 거지? 상대의 입장을 고려하지 않
는 무례함이 느껴져 불쾌했다. 할아버지의 발작이 조금 진정되
면 작업실로 복귀하려고 했지만 어쩔 수 없이 일찍 병실을 나왔
다. 할아버지의 비틀린 욕지거리가 뒤통수에 꽂혔다. 가족의 특
수한 상황 때문에 도저히 자유로울 수 없는 처지인데 직업란에
'프리랜서'라는 단어를 적을 때마다 멋쩍어진다.

– 살짝 출출했던 기억을 불러오는 데이터를 사진 속에 넣어줘요.

나는 특정 시각 정보에 후각, 청각 등 다른 감각 데이터를 짜
깁는 '공감각 데이터 임베딩'을 업으로 삼고 있다.

시각 정보를 보고 냄새를 느낀다거나 후각 정보를 맡고 냄새
와 색감을 느끼는 등 두 가지 이상의 감각을 동시에 느끼는 것
을 '공감각'이라 한다. 이전에 공감각은 특별한 사람의 초능력,
파블로프의 개와 같은 조건반사, 혹은 문학적 수사, 심지어 착
란으로 여겨지던 시절이 있었다. 하지만 뇌의 시상 및 신경을
자극함으로써 감각기억을 불러오는 연구가 상당 부분 진행된
지금, 이제 임베딩 데이터를 접하면 누구나 비교적 쉽게 공감각

을 느낄 수 있게 되었다. 그래서 나 같은 '공감각 데이터 임베더'라는 직업도 생겼다.

나는 주로 시각 정보를 다뤘고 사진이나 영상 속에 자극을 심었다. 특정 감각 정보가 다른 감각을 불러올 수 있도록 설정하는 것이다. 화면 속에 냄새 분자와 소리 분자 자체를 담을 순 없지만 비인지적 깜빡임 등 전기신호를 넣을 수 있었다. 이 신호가 뇌 시상의 중계 지점을 자극해 특정 감각을 일으키고, 이를 통해 연관된 기억을 불러오도록 한다.

시선의 흐름을 유도하는 요소를 이미지 위에 배치한 뒤 시선이 가지 않는 바깥 영역에 비인지적 트리거를 심는다. 무의식적인 자극을 발생시키는 게 관건이다. 후각 정보나 미각 정보 등을 자극하면 기억과 관련된 자극이 튀어나온다. 모든 이에게 발생한다는 보증은 없지만 문화적 동질성을 공유하는 그룹 내에선 꽤 유효한 편이었다. 클라이언트의 까다로운 기준에 통과하기 위해 안간힘을 썼다. 발주가 이어지고 있는 걸 보면 대체로 성공적인 듯했다.

"배고픈 기억이라…."

시각 정보와 식욕 사이에는 밀접한 영향이 있기에 다른 공감각 데이터를 심는 것보다는 단순한 편이다. 하지만 기억 자체를 떠올리게 하는 건 훨씬 까다롭다. 수용자의 개인차가 있어 트리거가 될 공통적인 정보를 배치하기 쉽지 않다.

이미지 데이터 속에 청각이나 후각을 자극하는 트리거를 추가하는 일은 재미있었다. 바다 사진을 보면서 파도 소리를 듣게 하고, 음식 사진을 보면서 냄새를 맡게 하는 건 비교적 간단한 편이다. 하지만 실제 물리적 자극을 발생시키는 게 아니고 유사한 경험을 가진 사람만이 반응할 수 있으므로 수용자 각자의 경험에 따라 효과는 천차만별이다. 단적인 예로, 파도 소리를 들어본 적 없는 어린이는 감응하지 않는다.

이 일을 직업으로 삼으려면 둔감해야 한다. 정서가 풍부하고 감수성이 예민한 사람이 공감각을 다룰 줄 알았는데 실상은 나처럼 감흥을 잘 느끼지 못하고 무덤덤한 사람이라야 다룰 수 있었다. 예민한 사람은 검수 과정에서 느끼는 심리적 부담이 크다. 자신의 이전 기억이 불쑥불쑥 튀어나오기 때문이다. 여러모로 리스크가 있었지만 신기술이라 아직 관련 법제가 미비하다.

내가 둔감한 사람이라는 게 다행이다. 덕분에 먹고살고 있다. 어떤 감각들은 뇌리에 또렷이 박혀도 심장에선 꽃피지 않았다. 기억과 감정 그리고 감각은 피부밑에 동결 건조돼 있는 것만 같다. 그 어떤 자극이 흘러들어 와도 해동되지 못한다. 내 감각은 완고하다.

치킨 사진 속에 후각 자극 트리거를 넣자 희미하게 양념치킨 냄새가 나는 것 같았다. 클라이언트는 불고기 치킨 사진에는 불고기 냄새와 치즈 냄새를 자극하는 트리거를 넣어달라고 했다. 탄 냄새가 강해서 치킨 냄새가 잘 감지되지 않아 걱정이었다. 다행히 클라이언트의 QA팀은 두 가지 냄새를 전부 느꼈다고 인정해주었다.

영향 범위를 정확히 예측할 수 없는 상황에서 서비스를 공개한다는 것은 소비자를 전부 피실험군으로 삼는 무책임한 실험에 불과하다. 사람들의 기억이 제각각이라 어떤 부작용을 낳을지 알 수 없는데도, 수단과 방법을 가리지 않고 오로지 치킨을 팔고 말겠다는 단순한 목적만으로 이런 일을 자행하는 것이다. 사회적 책임과 양심을 저버린 기업. 하지만 어떤 서비스가 세상에 나왔다는 건 사회적 합의를 어느 정도 걸쳐, 결재 승인까지 얻었다는 이야기다. 프리랜서가 벽 밖에서 느끼는 작은 의문점을 기업 안에서 한 명도 언급하지 않았을 리 없다. 공고한 시스템 안에서 소수의견을 낸 자들도 나처럼 커다란 성벽의 뒷모습을 바라봤겠지만.

"됐다."

물리도록 치킨을 먹으며 작업했다. 완성한 데이터를 노려보고 있자니 배에서 꾸르륵 소리가 났다. 빵빵하게 부풀어 오른 배를 모른 척하며 뇌가 허기를 소환했다. 오래 보고 있으면 위험하다. 공포의 색깔, 슬픔의 맛, 역겨운 냄새가 내는 소리… 업무라곤 하지만 이 모든 걸 자기 감각으로 검수한다는 건 온갖 사적인 트라우마를 모두 까발려야 한다는 뜻이기도 했다.

공감각 데이터를 만지다 힘들어하는 사람들을 자주 봤다. 특정 자극을 매만질 때 동료들은 고통받았다. 데이터 임베딩은 노동 강도가 극심한 고난이도 작업이었다. 무엇보다 검수 작업이 곤혹스러워 이탈이 잦았다. 나처럼 어딘가 고장이 좀 나서 삶에 수반되는 귀찮은 수난들을 못 본 척할 수 있는 사람만이 버틸 수 있었다. 오물을 눈앞에 두고 맛있게 밥을 먹을 줄 아는 능력과 비슷하다고 할까. 나를 보고 특이하다고 말했던 그 애도 나를 떠나면서 이런 얘기를 했다.

"재난이 휘몰아치고 이변이 치솟아도 넌 동요하지 않을 거야. 참 특이해. 그런데 널 사랑하는 사람의 마음을 눈앞에 두고도 마음이 하나도 움직이지 않는 건 슬픈 일이야."

줄곧 닫혀 있던 마음의 커튼을 흔드는 바람에 오래된 먼지가 부유했다. 나는 먼지를 흩트리듯 손을 저어 녀석의 얼굴을 머릿속에서 조금 옆으로 밀어냈다.

나의 첫 클라이언트는 다이어트 회사였다. 포만감을 느꼈던 순간을 떠올리게 하는 트리거를 넣었다. 하지만 배불렀던 기억을 잠시 떠올려 얻은 만족감은 어디까지나 일시적이었다. 실제로는 배가 부르지 않기 때문에 자극만 된다는 사람들이 많았다. 공감각 요법을 전략 상품화했던 다이어트 회사는 얼마 안 가 망했다. 나는 작업 속도를 높였다. 끝이 보이는 일일수록 최대한 신속하게 과거의 일로 만들어야 한다. 끝을 예감하면서도 매달리다 보면 영원히 끝나지 않을 것 같은 착각에 빠지기도 하니까. 끝을 향하는 모든 일엔 단호함이 수반된다. 나는 서둘러 클라이언트에게 데이터를 전송하고 노트북을 닫았다. 납품한 광고가 서둘러 QA를 거쳤다. 포스터는 다음 주면 세상에 공개된다고 한다. 입금일은 그보다 한참 후가 될 것이다.

3

"조만간 마음의 준비를 하셔야 할 것 같습니다."

호스피스 크루가 보호자 상담을 요청했다. 마음의 준비는 언제나 하고 있었다. 무례한 클라이언트처럼 뻔뻔하게 데드라인을 앞당기고 싶을 정도였다.

"그와 별개로, 누군가의 기억이 할아버님의 메모리에 침투한 것 같습니다."

주치의가 할아버지의 해마 데이터를 들여다보며 말했다. 광장에서 주입받은 각종 오염 데이터와는 종류가 달라 보인다고 했다. 해당 악성 코드는 의도가 보이지 않고, 소스 코드용 주석도 없고, 데이터 패턴도 불규칙하다. 떠돌아다니던 누군가의 기억 데이터가 우연히 할아버지의 저장장치에 들어온 것 같다고 했다. 해마와 연동된 증설 메모리는 보통 어르신들이 음악이나 영상을 넣어두는 곳이다. 그런 곳에 타인의 기억이 침투하다니 의아했다.

"어디서요? 어떤 기억인데요?"

귀신 쓰였다는 이야기처럼 들려 황당했다. 주치의는 광장에서 편향된 데이터와 함께 유입된 게 아닐까 추측했다. 어디서 감기를 옮아왔는지 모른다는 식의 진단이었다.

"그 데이터가 할아버지의 병세를 키우나요?"

"병세에는 큰 영향이 없겠지만, 할아버님 기억에 혼선이 생길 듯합니다. 할아버님의 과거를 잘 아는 사람만이 할아버님의 본래 기억과 오염된 기억을 구분할 수 있겠지요."

나만큼 할아버지의 일평생을 자세히 아는 사람은 많지 않을 것이다. 할아버지의 심경까지는 공감하지 못한다는 게 문제지만. 정보량만으로 따진다면 어쨌든 할아버지와 나는 가장 많이 아는 사이이다.

분열증 말기인 할아버지는 자신의 옛 기억을 떠올리지 못해

괴로울까? 그 기억이 추악한 것이라도 본인에게는 소중한 한 때일까? 그는 자신의 젊은 시절을 되돌아보며 푸릇푸릇했다며 아련하게 떠올릴까? 잘 가늠되지 않았다. 나한테 할아버지는 평생토록 이해할 수 없는 사람이었으니까.

이해할 수 없는 건 할아버지의 마음뿐만이 아니다. 사람의 마음이란 것 자체가 내게는 수수께끼다. 증오하면서 동시에 차마 미워하지 못하는 마음이란 도대체 무엇일까? 괴롭고 고통스러우면서 끌어안고 있는 심리란 대체 뭘까? 마음이 슬퍼서 몸이 병들고 마는 이상한 선후관계, 자신과 주위 사람들을 지옥으로 내모는 사람들의 마음이라니. 정체가 파악되지 않는 모호한 것들이 세상엔 너무 많다.

"이해 안 되지?"

한 시절 함께 지냈던 그 녀석은 자기 마음이 이해되느냐고 종종 물어봤었다. 내가 무언가라도 표현해주길 기대했던 것 같다. 그때 난 뭘 해야 했을까? 작위적으로 보일까 봐 아무 반응도 하지 않았던 것뿐인데.

"네 덤덤한 마음이 그저 나쁜 데에 이용되지 않길 바랄 뿐이야."

녀석은 그렇게 말하고 떠났다.

할아버지가 잠든 걸 보고 병동을 나왔다. 깡마른 몸을 보니 오래 버티기 힘들 것 같았다. 이별을 준비해야 할 때가 왔음을 직감했다. 별관에 장례식장이 있어 잠깐 둘러봤다.

장례식장에는 웃고 떠드는 사람들도 많았다. 죽음도 삶의 일부라는 듯 평범하게, 들어왔던 입구로 사람들이 빠져나간다. 나나 내 가족이 죽었을 때 외롭게 하지 말아달라고 살아남은 사람들이 서로 당부하는 것처럼 보인다.

장례식장에서 유족이 되어 서 있을 내 모습을 그려보았다. 우는 연습을 좀 해둬야 하나? 유일한 혈육이 울지 않는다면 조문객들은 고약하다고 느낄 것이다. '아무리 제 할아버지가 사나웠기로서니'라며 남의 집 사정을 반찬 삼아 싱거운 장례식 밥을 먹겠지.

개중 서럽게 우는 사람도 있었다. 소중한 것을 잃은 사람이 허탈감에 눌려 주저앉은 모습. 살아남은 자의 신세 한탄으로도 보이는 저 모습. 나는 부러웠다. 그토록 절망스러울 만큼 무언가를 소유한 적이 있는 사람이구나. 부재가 크게 느껴질 정도로 마음이 가득 차 있었던 사람이구나.

장례식장을 빠져나오자 병동 복도 한구석에 빈 병상이 뒹구는 게 눈에 들어왔다. 구원이 필요했던 사람이 방금까지 머물렀던 자리. 환자가 떠난 뒤 남겨진 풍경이었다. 다급했던 순간이 보이는 듯했다. 어디선가 지독한 소독약 냄새가 훅 끼쳤다. 병마와 싸우며 썩어가는 삶을 지켜내려 했던 누군가의 체취가 소독약 냄새 속에서 생생하게 맡아졌다. 방금 세상을 등진 이름 모를 사람의 마지막 흔적을 두고 어떤 반응을 하는 게 좋을지 나는 덤덤하게 궁리했다. 그 녀석의 책망하는 눈빛이 뒤따라왔 다 사라졌다.

4

할아버지가 살아 있는 동안, 나는 할아버지와 함께 장례식을 준비하기로 했다.

"촬영할게요."

나는 할아버지의 유언이 될 영상을 찍었다. 그러고선 할아버 지의 인터뷰 영상에 그의 후각과 촉각 등 다른 감각과 기억 데 이터를 엮어 넣었다. 할아버지가 인터뷰에 답하는 동안 할아버 지의 기억 속에 저장되어 있던 감각 데이터를 수집해 영상 데이 터와 연동되도록 하고, 비인지적 데이터까지 연결했다. 영상을 재생하는 순간 시청하는 사람은 할아버지의 감각까지 느끼게 된다. 관객은 나 혼자뿐. 할아버지를 조금이라도 이해하고 싶었 다. 유족이 될 나 자신을 위로하고도 싶었다.

"무슨 말을 해야 해?"

"옛날에 어떻게 살았는지 말해봐. 친했던 사람이 생각나면 추억도 얘기해보고."

"아이고, 걔가 아주 못돼먹었어. 트럭 몰았을 때 말이야…."

할아버지가 두서없이 이야기를 시작했다. 할아버지의 과거를
잘 알고 있는 나조차 파악하기 힘들 정도로 할아버지 말엔 맥
락이 없었다. 그래도 미묘하게 흔들리는 눈동자를 보았다. 나
는 그 속에 작은 회한과 반성이 있다고 믿었다. 나는 한 땀 한
땀 상처를 꿰매듯 할아버지의 영상 데이터 안에 감각 정보를 심
었다. 그의 음성 데이터 속에 후각 정보를 인지하는 메타 데이
터를 엮었다. 할아버지가 과거를 떠올리는 순간, 현재 체감하는
통증도 꿰어 넣었다. 몸에 기억된 감각이 함께 떠오르는 걸지도
몰랐다. 혹은 지금 몸이 아파서 옛날을 반성할 수 없는 건지도
몰랐다. 뭐라도 느끼고 싶었다.

조마조마하며 영상을 재생했다. 안타깝게도 할아버지의 감각
능력은 완전히 고장 나 있는 것 같았다. 촉각, 청각, 후각 데이
터는 물론이고 기억 데이터도 왜곡돼 보였다. 할아버지는 시간
을 혼동하며 이야기했다. 인생에서 가장 슬펐던 시절을 이야기
하다 웃었다. 영상 속에서 맥락과 매칭되지 않는 감각 정보들이
혼란스럽게 교차했다. 희미하게 드러났던 감각 정보도 그나마
금방 사라졌다. 언제부터 고장이 났던 걸까? 어디서부터 망가진
걸까? 할아버지는 나 이상으로 둔한 사람이었다. 광장에서 오염

된 데이터를 주입받기 전부터 그는 고장 나 있었을지도 모른다. 하긴 오염된 데이터는 오래전부터 세상을 지배해왔으니까.

할아버지를 휠체어에 앉히고 산책하면서 영상을 촬영하고 있던 때였다. 할아버지가 이상한 이야기를 시작했다.

"클라우드 아일랜드, 제 고향이에요."

할아버지의 목소리였지만 전혀 다른 인격이 말을 걸었다. 영어 발음이 유창했다. 외국어 악센트가 섞여 있어 조금 어색했지만 아주 지적인 한국어를 구사했다.

"죽어서라도 다시 가보고 싶어."

공감각 데이터로 프로그래밍한 음성 데이터에서 바다 냄새가 풍겼다. 비린내가 섞여 있었지만, 햇빛에 말라 버석버석한 모래 냄새도 담겨 있었다.

할아버지의 메모리에 침투한 존재인 듯했다. 감기처럼 유입됐다고 주치의가 말했던 데이터. '리즐'이라고 이름을 밝힌 그녀는 할아버지의 입을 통해 혼잣말을 하곤 사라졌다.

리즐이 사라진 뒤 할아버지는 평소 상태로 돌아갔다. 나는 장례 방식, 장례식에 부를 명단 같은 걸 할아버지와 상의했다. 명절을 준비하듯 할아버지와 나는 담담하게 논의했다.

"장례식은 어떻게 하고 싶어?"

"나는 병에 담기기 싫다. 갑갑하다."

"화장하는 건 괜찮지? 선산이 있는 것도 아닌데 어디에 묻어?"

"나 잘 가던 뒷산에 뿌려줘라."

"아무 데나 뿌리면 안 돼."

"그럼 배 타고 나가서 바다 한복판에 뿌려줘."

까다로운 요구사항이 점점 늘어났다.

"너도 만나러 올 때마다 바닷가도 구경하면 좋아. 기일은 매년 챙기지 않아도 된다."

할아버지가 선심 쓰듯 말했다. 매년 성묘까지 챙길 거라 기대할 줄은 몰랐다. 챙겨주길 바랐으면 잘 좀 하지 그랬냐고 쏘아붙이려다, 추모의 방식은 남은 사람의 선택이라고 말하려다 입을 닫았다.

"평생 따뜻한 바다 한 번 못 보고 죽게 생겼구나."

할아버지의 삶에 관여한 행운의 신은 여간해서 웃음을 보이지 않는 고집 센 엄숙주의자였다. 할아버지는 하는 일마다 운이 따르지 않았다. 구르는 돌엔 이끼가 끼지 않는다던데 할아버지의 삶은 아무리 몸을 굴려도 이끼가 끼는 돌 같았다. 타이밍을 맞춘 것처럼 입대하자마자 간첩이 내려왔다고 했다. 농사를 지으면 기록적인 태풍이 왔으며, 채소 트럭을 운전하면 대형 교통 사고를 만났고, 치킨을 튀겨 팔면 끝날 줄 모르는 경기 불황을 마주쳤다. 먼 나라에서 시작된 세계적 경제위기까지 꾸역꾸역 삶에 끼어들어 우리를 파산시켰던 것이다. 열심히 노력하면 성공한다는 낡은 명언은 할아버지 삶에 적용되지 못하고 늘 빛바랬다. 그 덕에 할아버지에겐 무례함과 그악스러움만 남았다. 예정과 계획에서 늘 비껴간 삶을 산 할아버지에겐 나 역시 예기치 않은 존재 중 하나였을 것이다.

그는 동정을 구하거나 도움을 청하는 대신 세상과 주변에 야만을 쏟아냈다. 사람들을 이용하고 멸시했다. 타인의 값싼 호의와 얕은 동정을 곧장 돈으로 바꾸었고 갚지 않았다. 타인을 괴롭혔고 함께 공멸로 끌어들이곤 동지가 생겨 좋다고 웃었다. 사람들이 피했다. 성질은 더러워도 그이가 생활력이 좋아, 하는 식으로 억지로 포장해도 이해받기 어려웠다. 할아버지의 무능과 야만은 엉뚱하게도 내가 사죄해야 할 원죄가 되었다.

"사죄할 일이 많을 텐데 미안한 사람한테 한마디씩 해봐. 장례식 때 내가 녹화한 거 재생해서 전해줄게."

그러자 할아버지는 버럭 화를 냈다.

"사죄해야 할 사람이 천진데 내가 왜!"

"…"

할아버지는 다른 이가 등을 돌린 이유를 죽어도 모를 것이다.

건물 사이로 석양이 졌다. 병실 창밖으로 보이는 차량이 빠져 나간 삭막한 주차장을 할아버지는 남쪽 나라의 해변 풍경인 듯 바라보았다. 나는 바다가 보이는 납골당, 선상 묘지를 검색했다 가 창을 닫았다.

5

할아버지의 목소리가 잦아들고 리즐의 목소리가 들리기 시작 했다. 못마땅해하며 우물우물 중얼거리던 할아버지의 목소리가 갑자기 강단 있는 목소리로 바뀌었다.

"흐르는 게 본질이라고 생각해왔어요."

"네?"

할아버지와 나는 병원 근처의 작은 인공 개천을 바라보고 있 었다. 휠체어에 앉아 11월에 왜 이리 덥냐고 불평을 쏟아내던 할아버지가 갑자기 자세와 표정을 바꾸고선 차분하게 말했다.

"폐수도 결국 정화되어 다시 식수가 되지요. 사람들의 관심이 끊임없이 바뀌는 것도, 결국 고이지 않고 흐르는 거잖아요. 정 처 없이 떠돌다 보면 지나왔던 곳으로 다시 돌아오기 마련이에 요. 로컬 데이터들이 네트워크로 갔다가 다시 로컬로 돌아오는 것처럼."

"리즐, 당신이군요?"

"죽은 후에야 이곳저곳 유랑하며 지내고 있어요. 만나서 반가워요."

할아버지가 기품 있는 몸짓으로 고개 숙여 인사했다.

"아, 네…."

할아버지의 모습을 한 타인을 마주하는 건 무척 어색한 일이었다.

"수많은 한국 사람이 디아스포라처럼 세상에 흘러들어 갔죠. 이주당하기도 하고, 도망치기도 하고, 자발적으로 떠나기도 하고. 그렇게 흘러갔다가 결국 되돌아오기도 하고. 어떨 땐 흘러간 곳을 자기 색깔로 물들이기도 했죠. 한국 사람들은 다른 나라에 가면 그곳에 물들기보단 그곳을 자기 색깔로 채색하려는 경향이 강하다죠? 어딜 가나 자신의 색을 지켜나가는 한국 사람들이 참 대단해요. 그런데 한국이라는 지역으로만 들어오면 외부의 것은 모두 로컬화가 되죠. 로마법, 단일 민족, 한 우물, 속지주의 같은 게 이방인에게 강요돼요. 참 재밌어요."

그녀는 광장에서 강제 데이터 인풋이 발생했을 때 누군가의 구식 휴대전화기에 들어 있다가 할아버지의 메모리로 이동했다고 했다.

"네트워크로 흘러가길 원했는데 또 다른 로컬로 넘어왔네요."

리즐의 목소리 속에도 할아버지의 것과 마찬가지로 후각과 촉각 정보가 들어 있었다. 할아버지를 이해하고 싶어서 할아버지의 감각을 연동했는데, 정작 할아버지가 아닌 리즐의 기억 정보가 연동된 것이다.

그녀의 고향 땅이 풍기던 흙냄새와 풀냄새를 맡을 수 있었다. 얼굴을 간질이는 바람이 훅 불어왔다. 해풍보다 훨씬 부드럽다. 그녀가 느꼈던 감각이 목소리를 통해 전달되었다.

"마을 사람들은 제가 한국에 가게 됐다니 축하해줬죠. 그때 한국의 여성 인권이 근대화된 나라치고는 놀라울 정도로 낮다고 말해줬던 친구가 딱 한 명 있었어요. 가장 중요한 조언을 해준 셈이었는데 저는 그때 그 친구의 조언을 저주로 받아들였죠."

그녀의 말이 사위를 스산하게 만들었다. 한국인 남편과의 짧은 결혼 생활 이야기를 듣고 있을 때였다.

"으악!"

강력한 충격을 느꼈다. 둔탁한 울림이 피부를 뚫고 파고들었다. 통증이 뼛속까지 도달했다. 그녀의 기억 속에 담겨 있던 고통이 영상을 보던 내 안에서 재현되고 있었다. 공감각 데이터 연동을 통해 내게도 링크된 것이다. 리즐은 자신의 고통이 전이된 것에 당황하더니 사과했다.

"앗, 미안해요. 아프게 하려는 의도는 없었어요."

나는 통증을 잠시 견뎠다. 내겐 타인의 언어를 공감하는 능력이 없었다. 하지만 언어와 달리 감각으로 느껴지는 통증은 눈물을 쏙 빼고 말았다. 즉각 울분이 치솟았고 욕설이 목까지 차올랐다. '통감'이라는 단어가 생각났다. 뼈에 사무치는 고통. 제 몸으로 느끼는 고통스러운 감각은 사람을 사무치게 한다. 고통은 그런 힘을 가지고 있다.

"결혼 생활을 어떻게든 지속하려고 노력했어요. 클라우드 아일랜드가 통째로 실버타운 운영사에 팔리는 바람에 돌아갈 곳이 사라졌거든요. 친척들도, 이웃들도 뿔뿔이 흩어졌죠."

그녀가 결혼 후 머물렀던 작은 방에 관해 이야기할 때였다. 공감각이 더욱 강렬한 이미지로 변했다. 환경이 좋지 않은 방이었다고 말할 때 곰팡내가 풍겼다. 상습적인 폭행이 매일 반복되었다고 말할 때, 나는 복통을 견디지 못하고 주저앉고 말았다.

"헉!"

갇힌 방에서 마지막을 맞이했다고 말했을 때 숨이 막혔다. 매캐한 연기로 눈을 뜰 수 없었다. 숨을 쉴 수 없자 폐가 날뛰었다.

"제… 제발…."

호흡곤란으로 쓰러지며 가슴께를 부여잡았다. 그녀의 목소리를 통해 한 사람이 겪은 고통이 생생하게 전달되었다. 한 사람이 견뎌내기엔 너무도 가혹한 고통이었다. 사람을 부수어버리는 거대한 고통. 지독한 악취와 벌겋게 피어오른 시야, 차갑게 얼어붙는 감각. 엄청난 통증이 순식간에 온몸에 퍼졌다.

그녀가 자신의 삶과 죽음을 말로 표현했다면 과연 내가 공감할 수 있었을까? 그녀의 슬픔은 내 언어로 헤아릴 순 없었다. 하지만 그녀의 마지막 순간을 내 몸으로 겪고 나니 이해할 수 있었다. 그녀의 삶은 죽도록 아팠다. 자신의 죽음에 관해 담담히 이야기하는 그녀의 목소리는 지독한 통증을 품고 있었다. 그녀의 음성에 얽혀 있는 공감각 데이터들이 그녀의 과거를 증언했다. 고스란히 자기 몸에 새겼던 고통이었다. 고통이 진동했다.

"그만, 그만하세요. 이건 너무….'

나는 간신히 말을 뱉었다.

"고통스러워요….'

"미안해요.'

그녀는 말을 멈추고 과거의 기억에서 빠져나왔다. 그제야 감각이 잦아들었다.

"기억 데이터를 저장해두었어요. 언젠간 증언이 되길 바랐죠. 누군가 날 발견해주길 바라며 떠돌았어요. 광장에서 우연히 이동한 게 당신 할아버지의 메모리였군요.'

느슨한 트리거 데이터로 그녀의 삶 일부를, 고통을 잠깐 엿본 것뿐이다. 이 고통이 끝없이 몸에 가해진다면 누구든 죽고 말 것이다. 이 고통의 끝을 짐작할 수 있었다. 그녀가 숨을 멎은 이후에도 그녀의 몸 위를 짓누르던 폭력을 상상했다. 떨림이 멈추지 않았다. 리즐이 말했다.

"당신과 더 일찍 친구가 되었다면 좋았을 텐데."

몸의 고통보다 더 컸던, 외로움이라는 고통이 그녀의 말 속에 묻어 있었다. 할아버지와 함께 살며 나도 늘 외로웠다. 외로웠던 순간에 누군가 있어줬으면 하는 마음만은 알고 있다. 그녀의 아픔이 내 마음에 스며들어 내 고통과 겹쳤다.

"타지에 와서 그렇게 돌아가신 줄도 몰랐습니다."

부질없는 얘긴 줄 알면서 나는 말했다. 그저 예의 차리는 말에 불과하다는 걸 알지만 작위적인 말을 건넸다.

"같은 한국 사람이라는 이유로 제가 대신 말할 자격이 있는지 모르겠습니다. 미안합니다."

그녀가 할아버지의 주름진 얼굴을 통해 미소를 보였다.

그녀가 생전 기억에서 빠져나와 데이터 상태로 여러 디바이스를 전전하던 시절의 이야기를 시작하자 고통이 사그라졌다. 나는 다시 건조한 심장으로 돌아왔다. 그녀는 내가 그녀 대신 분노하길 원할까. 그녀의 고통을 엿본 사람으로서 대신 복수라도 해야 할까.

"제가 뭘 도와드릴까요?"

그녀는 잠시 생각하다 말했다.

"고향에 가고 싶어요."

클라우드 아일랜드 기사가 떠올랐다. 다시 바다 냄새가 났다.

"내 고향이에요. 돌아갈 수 없게 되었죠."

그녀의 육신은 사라졌다. 제대로 화장되지도, 따듯한 곳에 안치되지도 못했다. 남은 건 그녀의 기억 데이터뿐이다. 나는 그녀의 기억 데이터만이라도 그녀의 고향으로 보내고 싶었다.

6

납품한 치킨 체인점 웹 광고에 결국 문제가 발생했다. 서브리미널로 악용될 우려는 알고 있었지만 애써 외면해왔다. 일반 윤리 수준에서 문제없다고 판단되는 업무를 수주했고 클라이언트의 요구대로 진행했을 뿐이다. 계약상 서비스 유지 보수는 2회까지 필수적이다. 그런데 이번엔 양상이 좀 달랐다. 단순하게 업데이트가 필요한 문제가 아니었다. 치킨 광고를 본 일부 사람들이 고통을 호소하며 병원에 실려 갔다고 했다. 특히, 이전에 심각하게 배가 고팠던 시절을 떠올리는 사람들은 이 광고를 보는 순간 복통을 호소하며 기절했다고 했다. 이들이 같은 치킨 광고를 봤다는 사실은 뒤늦게 밝혀질 터였지만, 광고주들은 자사 광고의 문제라는 걸 즉각 알아차렸다.

살펴보니 내가 납품했던 데이터와 유통된 데이터는 조금 달랐다. 나는 납품한 데이터와 유통된 데이터가 다르다는 걸 입증했지만, 클라이언트는 날짜를 내가 변경했을 수도 있다며 모든 가능성을 염두에 두고 조사하겠다고 말했다.

나는 유통되고 있는 치킨 광고를 찾아서 봤다. 내가 임베딩을 한 작업은 공복감을 떠올릴 정도의 자극을 넣는 거였다. 그런데 유통된 데이터에는 자극의 강도가 엄청나게 증폭돼 있었다. 단순하게 식욕을 불러일으키는 수준이 아니었다. 납품한 원본과 꼼꼼히 비교했다.

"윽!"

극심한 복통을 마주했다. 나는 배를 움켜쥐며 쓰러졌다. 온몸에 무력감이 흘렀고 내 감정과 상관없이 눈물이 멈추지 않았다.

고통스러운 공복의 순간이 떠올랐다. 할아버지 발에 치인 누렁이가 굶어 죽어가던 때였다. 당시 나도 오랫동안 굶은 상태였다. 누렁이가 개장수에게 팔려 가던 날이 머릿속에 파노라마처럼 떠올랐다. 그날 나는 한껏 굶주린 상태로 누렁이의 뒷모습을 바라보다 임시 보호시설로 보내졌다. 그날 필라멘트 끊어지듯 무언가 툭, 끊어지는 소리를 들었다. 떠올리고 싶지 않았던 기억이 꿀렁꿀렁 쏟아져 나왔다. 위와 장이 쪼그라들며 뒤틀렸다. 나는 화장실로 엉금엉금 기어가 점심에 먹은 것을 모두 게워내고 말았다. 한동안 일어나지 못한 채 차가운 화장실 바닥에 누워 감각이 잠잠해지길 기다렸다. 다른 일을 해야겠다고 생각했다.

웹 광고가 철회되고 계약이 중단되었다. 서브리미널 공감각 마케팅은 금지되었다.

할아버지는 허깨비처럼 몸도 기억도 점점 쪼그라들었다. 내일부터 조금 날이 풀린다는 예보가 있던 그날 밤, 할아버지는 단호하게 세상을 등졌다. 할아버지와 함께 리즐도 떠났다.

할아버지의 뇌 속에서 고장 난 메모리 장치를 분리했고 육신은 화장했다. 할아버지의 기억 데이터와 리즐의 기억 데이터를 신중하게 구분했다. 할아버지의 데이터와 그녀의 데이터를 나눴고 오염 데이터를 필터링해 하나하나 지웠다. 할아버지의 유일한 혈육인 내가 세상에서 사라지면 할아버지를 세상에서 기억할 사람은 남지 않을 것이다. 역사 속 모든 무명인이 누군가의 기억에만 남다 사라져가듯. 리즐은 고향에 가고 싶다는 말을 유언처럼 남기고 떠났다. 그녀의 기억 데이터만 내 손에 남았다.

할아버지의 유골은 할아버지가 원했던 대로 어딘가에서 잘 썩거나 흐를 수 있도록 나무 유골함에 담았다. 다른 생명의 거름이 돼 사라질 것이다.

공감각 데이터를 넣은 할아버지의 영상 최종본을 한 번 더 재생했다.

"팔자 좋네."

할아버지가 개에 대해 말할 때 훅 냄새가 끼쳤다. 축 늘어져 미동도 하지 않는 누렁이를 만졌을 때 났던 냄새. 굶주림에 지친 개, 사랑받지 못한 개, 미래를 예감하고 있는 개. 내가 누렁이를 한 번이라도 안아준 적이 있었던가? 할아버지 발에 치인 누렁이의 배를 한 번이라도 쓰다듬어준 적이 있었나? 기억나지 않는다.

개장수에게 팔려 가던 날, 녀석의 눈을 보지 않으려고 했던 기억은 선명하다.

'아무것도 느끼지 않을 거야.'

그 순간 무력한 어린아이는 그렇게 결심했다. 복합적으로 얽혀 있던 정서의 매듭이 툭, 끊어지는 소리가 들린 날이었다.

무력한 인간, 별 볼 일 없는 아이, 사랑받지 못할 사람, 버려지고 말 존재. 그런 이름이 어린 나를 지배했다. 개를 학대하고 타인을 괴롭히는 할아버지의 감정은 이해되지 않았지만 지독하게도 죄스럽고 외로웠던 그의 심장만은 내 심장처럼 느껴졌다. 할아버지의 영상 속에서 냄새가 훅 끼쳤다. 누군가에게는 불쾌하기만 한 냄새일지도 모른다. 나는 그 냄새를 맡으며 무력한 인간이 자기보다 더 작은 생명한테 하고 싶었던 말을 상상했다.

"누렁아."

똥개 이름을 불러봤다. 이름을 부르는 건 처음이었다.

7

클라우드 아일랜드의 사진을 바라보고 있다. 새끼 고양이들이 늘었단다. 사람들이 새끼 고양이 사진을 퍼다 날랐다. 새끼 고양이들 덕에 섬에 대한 관심도 높아졌다. 클라우드 아일랜드가 요양 시설로 개발되면서 추방당한 원주민들에 대한 기사를 발견했다. 리즐의 고향, 흙냄새가 떠올랐다. 사진 속 고양이들을 들여다보며 어린 리즐이 떠올랐다. 그녀가 어렸을 때 등을 쓰다듬어주었던 고양이들은 지금 사진 속 고양이의 조상일 것이다.

다른 사람들이 고양이 사진을 보며 그곳에 가고 싶어 할 때마다 리즐을 떠올려주면 좋겠다.

나는 클라우드 아일랜드 사진을 검색해 다운로드한 뒤, 사진 속에 리즐의 데이터 중 일부를 임베딩했다. 그런 뒤 블로그를 하나 만들어 사진을 업로드 했다. 리즐의 사연도 건조하게 기재했으며, 정기적으로 주요 검색엔진이 긁어 가도록 설정했다. 이로써 클라우드 아일랜드 사진 중 일부, '리즐'이라는 워터마크가 달린 사진은 한국에 이주했다 돌아가지 못한 한 여자의 데이터를 품게 되었다. 그녀의 기억 일부가 이제야 로컬에서 네트워크로 흐르게 된 것이다. 사진 속 파스텔 빛 하늘 위에 담긴 그녀의 기억이 보이는 듯했다. 그녀의 마지막 목소리를 들은 내가 할 수 있는 작은 추모였다.

클라우드 아일랜드 사진 중에서 워터마크가 붙은 사진을 보면 바다 냄새가 난다는 소문이 돌았다. 타는 냄새가 난다는 사람도 있었다.

네트워크 속 클라우드 아일랜드는 세상을 떠난 자의 디지털 안식처가 되었다. 이를 보고 리즐이 좋아해준다면 좋을 텐데.

치킨 체인점 포스터는 요즘도 인터넷 괴담처럼 떠돈다. 배고픈 순간을 죽음 같은 고통으로 떠올리는 사람들은 포스터를 보지 말라는 경고가 따랐다. 어떤 이가 경고문을 비웃었다.

— 요즘 배곯는 사람이 어디에 있어?

아파본 적 없는 사람이구나. 나는 마냥 부러웠다.

죽은 사람의 육체와 기억은 언젠간 사라질 것이다. 넋은 하늘나라에 가겠지. 죽은 자들의 기억은 특정 데이터 사이 어딘가에서 자신의 목소리를 갖게 될 것이다. 아무것도 아닌 사진 한 장에서, 훅 끼쳐 오는 별것 아닌 냄새 한 모금에서 어떤 이의 스토리를 만질 수 있을 때, 남은 이들은 사라진 이들을 떠올릴 수 있겠지.

"죽어서라도 다시 가보고 싶어."

리즐의 워터마크가 달린 클라우드 아일랜드의 사진을 한참 들여다봤다. 사진을 바라보자 리즐의 슬픔이 재생된다. 리즐의 고통이 떠올라 온몸이 저릿했다. 그녀의 공감각은 내 안에 들어온 뒤 그녀의 목소리 없이도 자주 재생됐다. 요즘엔 공감각 데이터 임베딩 없이도 공감하는 법을 조금 배우기 시작했다. 나처럼 마음이 고장 난 사람일수록 타인의 고통을 좀 배워야 한다는 걸 알았다.

추운 겨울밤, 나는 붕어빵을 한입 베어 문다. 인적이 드문 골목길에서 손님을 기다리는 것이 집에서 기다리고 있는 아이들에 대한 사랑이라고 생각하는 붕어빵 장수의 감각이 전해진다. 그의 차가워진 피부와 더운 심장이 앙금 맛을 통해 피부로 스며든다. 지친 몸을 버스 창문에 기댄 채 졸고 있는 누군가의 한숨 소리를 듣는다. 하루의 고단함과 삶에 대한 의문, 필사적으로 붙잡고 있는 작은 신념. 그런 마음이 그 짧게 뱉어낸 작은 숨소리에 묻어 있다. 모든 것은 보이는 것 이상의 무언가를 품고 있다. 들리는 것도 마찬가지다. 생략된 목소리가 색깔을 빛낸다.

세상의 이야기가 다양한 냄새를 풍긴다. 처연하고 초연하고 담담한 타인의 감각이 세상에서 가장 뜨겁게 내 안에서 재현된다.

나는 할아버지가 마지막 휴가를 보낼 곳을 찾다가, 제주도로 가는 비행기 티켓을 끊었다. 평생 이해할 수 없었던 사람에 대한 추모는 앞으로 공감을 배운 만큼 계속 이어질 것이다. 나는 할아버지의 데이터를 나의 증설 메모리 일부로 남겨두었다.

비행기 안에서 나는 마음을 닫은 채 단호하게 버텼던 시절을 떠올렸다. 할아버지의 냄새와 목소리, 그의 술주정, 그의 뒷모습이 뒤따라왔다가 창밖 구름 위로 사라졌다.

탱크맨

영상이 멈췄다. 나는 하얀 방 안에서 쪼그리고 앉아 벽면 전체에 투영된 정지 영상을 지켜봤다. 광장 한복판, 나물 파는 할머니가 앉아 있다. 나이테 같은 주름살 속에 할머니가 통과해왔을 무수한 사건이 상흔처럼 아로새겨져 있다. 할머니의 시선이 정면을 응시한 채 내 등 뒤를 향해 고정되어 있다. 할머니는 놀란 듯 동그랗게 눈을 떴다. 눈꺼풀에 덮여 있던 맑은 눈동자가 드러났다. 고향에 계신 어머니의 눈빛이 떠올랐다. 할머니의 검은 눈동자에 도로 건너편 사람들이 선명한 실루엣으로 새겨져 있다. 나는 뒤를 돌아보았다. 등 뒤엔 차가운 벽 말고 아무것도 없었다. 나는 몸을 천천히 일으켰다. 내 손에는 할머니가 꼼꼼하게 손질한 나물이 들려 있다.

'뭐 잊은 거 없어?'

망각한 진실을 기억해낼 수 있겠느냐는 듯 방 안의 하얀 풍경이 내게 물었다.

❖

국립 트라우마 치유 및 화해 센터는 옛 정신병원 자리에 세워졌고, 그 탓에 지역 사람들에겐 요즘도 정신병원이라 불리는 듯했다. 나는 이곳에서 3년째 보호 치료 중이다. 아니, 수감 교정 중이다. 1평 반 크기의 1인실, 하얀 벽면에 삼림 공간이 투영되어 있다. 새가 우는 소리, 시냇물이 흐르는 소리 덕에 나는 좁은 공간을 마치 숲속인 양 착각하며 지낼 수 있었다. 똑, 똑, 똑, 삼림 속에서 노크 소리를 들었다. 스칼렛 수녀가 방문을 두드린 것이다.

"스칼렛 수녀님, 오셨어요?"

나는 오늘도 심장이 뜨겁게 뛸 순간을 기대한다. 이곳에 들어온 뒤 심장박동에 심각한 문제가, 기억에는 더 큰 문제가 생겼기 때문이다. 병원은 종교 활동만이 환자들이 느끼는 삶의 헛헛함을 채워줄 수 있다고 판단해, 정작 가족 면회는 막으면서도 스칼렛 수녀만은 센터를 자유롭게 출입하게 했다. 트라우마를 치유하는 일을 종교의 몫으로 떠넘긴 채 의료진은 거의 얼굴을 보이지 않았다.

"민주 씨, 퇴원까지 얼마나 남았죠?"

"13일 남았습니다. 2주 조금 안 남았네요. 드디어 어머니를 만나러 갈 수 있어요."

3년간 이곳에 머물렀다. 처음 이곳에서 눈을 떴을 땐 여기가 어딘지, 어떻게 오게 된 건지 영문을 알 수 없었다. 죽어서 천국에 왔나 싶었다. 그런데 정신병원이라니. 무식하게 힘만 좋고 낙천적이라는 이야기를 들어왔던 나였다. 아무리 생각해도 나 같은 놈이 아플 리가 없다. 이렇게 주장하면 스칼렛 수녀는 언제나 나를 아련하게 바라보곤 했다. 아들의 잠꼬대를 듣는 듯 무심한 표정이었다.

"마음의 병을 다스려야 해요. 누구나 병이 있다고들 하잖아요. 마음 단단히 먹고 어떻게든 살아가야 해요."

우리 어머니가 말했을 법한 어투와 어조였다. 스칼렛 수녀는 다정하지만 엄한 어머니 같다. 그녀는 내게 참회를 말한다. 내가 있어야 할 곳은 정신병원이 아니라 형무소라고 무언으로 힐난한다.

스칼렛 수녀는 3년간 나를 어머니처럼 보살펴주었다. 어머니 나이쯤 되었을까. 수녀는 잔소리하면서도 친밀하게 다가왔다.

그녀의 말투는 내가 평생 책임져야 할 한 여자를 상기시킨다. 스칼렛 수녀가 3년간 내게 각인시킨 잔상이다. 온 세상이 그녀에게 무관심하더라도 나만은 차마 외면할 수 없는 사람. 가난하고 늙은 우리 어머니.

나는 범죄를 저지른 뒤 자해를 시도하다 기억을 잊고 이곳에 왔다고 한다. 심신미약으로 감형을 받기 위해서였단다. 내가 정말 그렇게 비겁한 선택을 했을까? 그럴 가능성도 있다. 인간은 때때로 비겁해지니까. 나는 끊임없이 나를 의심한다. 나 때문에 피해를 본 사람이 있다면 속죄해야 한다. 모든 가능성을 열어놓고 참회해야 한다. 착각했을 가능성, 자기 합리화했을 가능성까지 받아안는다. 나는 진실의 늪으로 나를 내던진다. 뒤늦게 득도를 갈구하는 파계승같이. 도대체 얼마나 많은 죄를 지었기에 기억하지 못하는 걸까. 나는 내가 모르는 죄를 끌어안는다. 그게 내가 할 수 있는 최선의 반성이다.

매일 밤 꿈속에서 피에 젖은 남자를 만난다. 다량의 피를 흘리며 쓰러진 남자가 바닥에 누워 나를 올려다본다. 사람을 죽였을 리가 없다고 확신하다가도 혹시라도 내가 관련이 있을지도 모른다는 생각에 섬뜩하다. 피를 뒤집어쓴 남자의 얼굴에서 서서히 넋이 빠져나간다. 그의 부릅뜬 눈을 감겨주고 싶어 손을 내민다. 여긴 어디지? 그는 누구지? 기억의 공백 속에서 그의 명복을 빈다. 끝끝내 그의 눈은 감기지 않는다.

스칼렛 수녀가 나간 뒤 방에서 러닝머신을 작동시켰다.

"조깅 모드 실행해줘."

"45분 코스를 시작합니다. 조깅에 어울리는 곡을 함께 재생하겠습니다."

인공지능의 자동 응답과 함께 바닥이 컨베이어 벨트처럼 움직였다. 벽에 투영된 스크린이 상쾌한 강변으로 바뀌었다. 1970~1980년대 디스코와 빌리 조엘의 곡이 편곡된 음악이 흘렀다. 나는 속도를 점점 높여 45분을 전속력으로 달렸다. 단거리달리기를 하듯 한순간도 멈추지 않고 코스를 완주했다.

땀이 전혀 흐르지 않았다. 숨도 차지 않았다. 매일 하루도 빠짐없이 3년 가까이 뛰었지만, 근육이 전혀 붙지 않았다. 그래도 습관처럼 뛴다. 망각 속에 산다는 걸, 마음의 병에 갇혀 있다는 걸 잊을 수 있는 순간이니까. 속도가 느려진 컨베이어 벨트 위를 걷는다. 호흡은 뛰기 전과 다름없이 차분하다. 심장이 전혀 빠르게 뛰지 않는다. 뼈만 앙상하게 남은 몸을 양팔로 끌어안았다. 자신이 기묘한 공간에 갇혀 있다는 사실을 다시금 깨닫는다.

"산책 모드로 전환해줘."

"스퀘어 광장 아고라 주위 산책을 시작합니다."

방의 전면이 광장 풍경으로 바뀌었다. 나는 바닥이 움직이는 방향에 따라 천천히 광장을 걸었다. 내 움직임에 맞춰 영상도 바뀌었다. 걷는 속도에 맞춰 풍경도 바뀌자 실제로 산책하는 것 같았다. 뛰는 것보다 걷는 게 덜 혼란스럽다. 그렇다고 혼란이 전혀 없다는 것이 아니다. 영상은 3년째 변함없이 같은 풍경을 비추고 있다. 산책을 시작한 곳에서 열 걸음이 채 지나지 않아 오른쪽 구멍가게에서 어린이가 튀어나온다. 매번 나는 몸을 살짝 피하며 3년 동안 반복했던 대사를 아이에게 건넸다.

"아이코, 조심해라."

몇 걸음 더 걸으면서 한 손에 커피를 들고 개와 산책하는 여자와 마주친다. 개가 무언가에 놀란 듯 갑자기 뛰어나가고, 여자가 커피를 쏟으며 외마디 비명을 지른다. 등 뒤에서 목소리가 들려오는 순간, 나는 손가락을 딱 소리 나게 튕겼다. 오케스트라 지휘자가 단원들에게 손 신호를 주는 것처럼 나는 예정된 타이밍에 모든 장면을 마주한다. 광장은 시간 속에 갇혀 있다. 나는 이 시공간에 완벽하게 갇혀 있다. 한순간도 일탈하지 않고 집요하게 고여 있는 시공간. 이 세상은 절대 변하지 않는다고 우기는 것 같다. 나는 반복되는 무력함에 정신이 얼얼하다. 완고한 독재자의 비위를 맞추며 고개를 조아리는 기분이다. 하지만 갑자기 풍경이 변할 수도 있잖아? 3년간 지켜봐왔던 코스,

예정된 전개가 멋지게 반전되는 순간을 나는 매번 기다린다. 기대 때문에 마음이 바스락거리지만, 산책이 끝나면 결국 잠잠해진다. 영상이 멎고 병실이 조용해진다. 정적 속에 나는 다시 내던져진다.

자상한 스칼렛 수녀 앞에서 나는 정확히 기억나지 않는 내 죄를 두고 매일 고해성사를 한다. 기억에 공백이 있다는 것을 제외하자면, 죄가 있다는 것을 의심하지 않는다면, 환경은 나쁘지 않다. 하지만 아무리 고해성사를 해도 마음에 평안함은 찾아오지 않는다. 제대로 속죄하기 위해서라도 내 죄악을 똑바로 직시하고 싶다. 잊어버렸던 기억을 떠올리고 싶다. 그 기억이 너무 추악해서 다시 잊고 싶어지더라도. 애써 지옥에서 나와 다시 제 발로 지옥으로 들어가는 무한 루프가 될지라도.

"살인의 경우, 우발 범죄가 대부분이에요. 그 순간을 정확히 기억하지 못하는 사람들도 많습니다. 자신이 저지르지 않았다고 믿기 위해 그 순간을 기억하지 않는 거죠."

스칼렛 수녀는 내게 살인을 인정하라고 매번 부드럽게 강압한다. 현장 영상도 여러 번 보았다. 영상 속에서 나는 한 남자를 밀친다. 다음 순간, 쓰러진 남자가 피를 흘린다. 나는 남자와 눈이 마주친다. 그 순간, 나는 말할 수 없이 엄청난 죄책감을 느낀다. 영상은 내가 살인자라고 손가락질을 했다. 하지만 나는 믿을 수 없다. 쓰러진 남자가 나를 보는 눈은 원망의 눈빛이 아니다.

'살려줘.'

그런 간절함이 눈가에 맺혀 있는 사람을 내가 정말로 죽음으로 내몰았을까?

새하얀 공간은 나보고 공백을 채우라고 채근한다. 피해자의 눈을 계속 떠올린다. 너무나 미안하다. 새하얀 공백이 내 고해성사로 검붉게 물든다.

"진정한 추도는 참회와 반성에서 시작합니다."

스칼렛 수녀가 경건하게 말했다.

나는 매일 피해자를 마음 깊이 추도하고 있다. 참회나 반성은 아니지만 심장이 찢어질 듯한 비탄을 느끼며. 저 피해자가 내 어머니였다면 얼마나 슬펐을까 하는 가정이 통탄을 더한다. 누구라도 붙잡고 간절히 묻고 싶다. 혹시 나를 본 적 있느냐고. 제3자의 시선으로 나를 보고 싶다. 내 시선은 시커먼 안경 같은 방어기제를 뒤집어쓰고 있을 것이다. 아무 이해관계가 없는 자의 입을 통해 진실을 확인하고 싶다.

"피하지 말고 진실을 직시하세요."

스칼렛 수녀가 언급하는 진실은 한 가지뿐이다. 이건 모함이에요. 나는 결백해요. 하지만 차마 목소리가 나오지 않는다.

산책이 끝났다. 컨베이어 벨트처럼 움직이던 바닥이 멎었다. 귀퉁이 공간이 사각으로 불쑥 솟아올라 침상이 된다. 침대에 눕자 자동 음성이 재생됐다.

"혈압 측정하겠습니다. 수축기 58mmHg, 이완기 37mmHg."

심장은 피를 순환시켜 몸을 데울 의사가 없다는 듯 미지근하게 뛰고 있다.

나는 여기서 두 번 자살을 시도했다. 하지만 어떤 방식을 시도해도 죽을 수 없었다. 정신을 잃고 다시 눈을 뜨면, 어김없이 하얗고 작은 방 안이었다. 입원 치료 기간을 채울 때까지, 신이 내 목숨을 거둘 때까지, 내가 결백하다는 주장을 포기할 때까지 멋대로 죽지도 못했다.

옆방 병실에도 사람이 있는 것 같지만 만날 수 없다. 그를 만나보고 싶었다. 옆방 사람이 뒤척이는 소리가 벽 너머로 들린다. 욕설과 함께 가래를 뱉는 소리가 혼자가 아니라는 위안을 준다.

조용히 주변의 소음을 듣는다. 미미하지만 다양한 소리가 세차게 흐르고 있다. 기침 소리, 신음 소리, 벽을 차는 소리, 잠꼬대 소리, 욕하는 소리, 혼잣말 소리, 노랫소리, 미친 듯 웃는 소리. 모두들 갇혀 있구나. 미치지 않고는 견딜 수 없는 사람이 이렇게 많구나. 벽 뒤편 룸메이트의 괴성을 매일 밤 자장가 삼아 잠들었다.

　병원의 허락을 받아 스칼렛 수녀와 함께 방을 장식했다. 벽면 하나를 커다란 거울로 채웠다. 방이 넓은 곳으로 이사한 기분이다. 서재가 있는 공간에 살고 싶었다. 책은 허용되지 않기에 책 모양의 벽지를 선택했다. 카펫과 침구를 조금 밝은 색으로 바꾸자 편안하면서도 밝은 공간이 되었다. 팔을 벌리면 양 손바닥이 벽에 닿는 좁은 공간. 홀로그램 인테리어 덕에 나는 이 공간을 세 배 정도 더 넓게 느낀다. 착시란 걸 알면서도 숨통이 트였다. 빛이 잘 들어오는 방 안에 앉아 홀로그램이 만든 창밖 숲을 내다보았다. 깊은숨을 들이쉬었다. 창문 없는 밀실에서 나는 충족감을 느꼈다.

　"행복이란 게 멀리 있지 않아요."

　나는 스칼렛 수녀가 지껄이는 행복론에 지쳤다. 하지만 매번 어머니를 떠올리며 묵묵히 듣는다. 수십 년 동안 시장에서 고생했던 나의 어머니, 축축하고 미끄러운 시장 바닥을 방석 삼아 온몸에 세월의 주름을 새겼던 내 어머니, 줄곧 미끄러지기만 하는 삶 위에서 간신히 자리를 버텨온 우리 어머니.

　"모두가 행복하려고 이렇게 열심히 사는 거잖아요? 그러니 너도 똑바로 살아야 해!"

　수녀가 갑자기 호통을 쳤다.

"돈도 벌고 결혼도 하고 애도 낳고 그래야지. 내가 병들어 쓰러지면 네가 돌봐야 할 것 아니냐. 내가 아들도 없이 시장 바닥에서 쓰러져 죽으면 사람들이 뭐라고 할 것이냐!"

시장 바닥, 사람들의 시선이 닿지 않는 낮은 곳에서 움츠리고 살았던 어머니. 산에서 캔 나물에는 온갖 티끌이 묻어 있었다. 어머니는 삶에 따라붙는 온갖 고생을 털어내듯 티끌을 털어 나물을 다듬었다. 반복되는 매일의 수고를 자식의 한 끼로 바꾸었다. 오직 아들의 행복만을 바란 어머니의 맹목적 이타심. 그 입에서 나오는 것이 불합리하더라도 어머니를 차마 비난할 순 없었다.

어머니는 실제로 그렇게 말한 적이 없다. 꿈속에서 내가 만들어낸 말이다. 그런데 수녀는 어떻게 내 꿈속 대사를 알고 있는 거지?

"민주 씨, 안색이 안 좋아요. 오늘은 일찍 잠드는 게 좋겠어요."

스칼렛 수녀가 다시 차분한 어조로 돌아왔다. 나는 묵묵히 침대에 누웠다. 수녀가 머리맡에 앉았다. 딱딱한 침목이 목 뒤를 압박했다. 천장 스크린에 뉴스가 떴다.

＊ 역대 최장 임기 전두환 대통령, 동아시아 평화상 수상

* 이명박 박근혜 공동 총리, 일본 아베 총리와 동북아시아 경제 합일
  체 조약 체결

* 체제 붕괴 2년, 중화인민공화국 북조선 자치구에 대규모 카지노 타
  운 건설

열차가 내 몸 위를 지나간 것 같은 충격을 느꼈다. 머리 위에
서 지옥이 나를 내려다보고 있다. 스칼렛 수녀가 읊조렸다.

"타파해야 할 것은 이제 거대 권력이 아니에요. 거대 권력은
적법한 절차를 거치면서 통치 프로세스의 합법성을 취득했어
요. 선거와 투표를 통해 사회적 합의를 이끌어냈습니다. 이제
우리가 타파해야 할 것은 미시 권력이에요. 계급 해방을 말했던
사람이 집에서는 아내를 억압하죠. 기회의 평등을 이야기하는
사람도 자기 자녀를 교육할 땐 승자 독식을 옹호하고요. 사랑한
다면서 데이트 폭력을 자행해요. 사람들은 자신의 사소한 습관
도 바꾸지 않아요. 거대 권력은 힘으로 세상을 지배하지 않아
요. 사람들이 서로를 지배하도록 만들죠. 권력을 무너트리고 싶
다면 자신의 삶부터 철저히 관리해야 해요, 이젠."

"스칼렛 수녀님, 내게 어떤 대답을 원하나요?"

"아무것도 원하지 않아요. 당신의 행복만을 바랄 뿐이에요."

수녀의 말에 묵묵히 고개를 끄덕였다. 그러자 머리 위의 지옥

에 대해 아무 말도 할 수 없었다.

　나는 방을 정리했다. 내일이면 3년이다. 어머니를 만나러 갈 것이다.

　"퇴원까지 며칠 남았지?"

　나는 방 안 인공지능 시스템에 물었다.

　"네, 민주님. 퇴원까지 1,094일 남았습니다."

　"뭐라고?"

　"어제 입실하셨으니까요."

　"무슨 소리야! 나는 여기서 3년 동안 갇혀 있었다고!"

　"어떤 하루는 3년처럼 길게 느껴지죠."

　스칼렛 수녀가 방 밖에서 말했다.

　"교화는 참회와 반성에서 시작합니다. 민주 씨는 아무것도 시작하지 않았습니다."

　나는 황망한 마음을 부여잡고 하얀 벽 앞에 섰다. 두 손을 벽에 대고 머리를 쿵쿵 찧었다. 집요하게 고여서 썩어가는 시간 속에서 다시 3년을 보내야 한다고? 벽에 찧은 머리에서 피가 조금 흐르나 싶었지만 곧 멀쩡해졌다. 아프지 않았다. 놀란 내 얼굴이 거울 속에 비쳤다. 3년 동안 영상 속에서 함께 광장을 산책했던 사람들을 다시 마주해야 한다고?

영상 속, 광장에서 만난 사람들의 표정이 또렷하게 기억났다. 갑자기 튀어나온 어린아이, 강아지와 산책하다가 커피를 쏟은 여성, 빠른 걸음, 분주한 흐름. 등장인물 모두가 각자 삶의 발걸음을 재촉하고 있다고 생각했다. 지금 생각하니 그들은 모두 놀란 표정이었다. 지금의 내 표정처럼.

"산책 모드를 실행해줘."

나는 영상의 마지막 순간까지 성큼성큼 걸어갔다.

가장 낮은 자리, 언제나 하늘만 올려다보느라 한 번도 내려다보지 않았던 발밑 자리. 어머니보다 훨씬 늙은 어떤 할머니가 나물을 다듬고 있다. 나는 가던 길을 멈춰 할머니 앞에 앉았다.

"할머니, 이거 만 원어치 주세요."

다 해 먹을 수 있을까 걱정하면서 나는 나물을 잔뜩 샀다. 비닐봉지 가득, 할머니의 나물이 꾹꾹 담겼다.

흐트러진 머리를 매만져주고 싶어 할머니한테 손을 뻗었다. 벽면에 손이 닿았다. 차갑고 납작한 벽면의 감촉이 손바닥으로 전해졌다.

"정지."

영상이 멈췄다. 나이테 같은 주름살 속에 할머니가 통과해온 무수한 사건이 상흔처럼 아로새겨져 있다. 할머니의 시선이 정면을 응시한 채 내 등 뒤를 향해 고정되어 있다. 정지한 영상 속

할머니가 놀란 듯 동그랗게 눈을 뜨고 있다. 눈꺼풀에 가려 있던 맑은 눈동자가 드러났다. 검은 눈동자에 도로 건너편 사람들이 선명한 실루엣으로 새겨져 있다. 나는 뒤를 돌아보았다. 등 뒤엔 차가운 벽 말고 아무것도 없었다. 나는 몸을 천천히 일으켰다. 내 손에는 할머니가 꼼꼼하게 손질한 나물이 들려 있다.

방 전면이 광장 풍경으로 바뀌어 있지만 할머니가 시선을 던진 곳엔 아무것도 없었다. 카메라 각도가 맞지 않는 걸까? 할머니가 보고 있는 곳은 의도적으로 편집한 것 같다. 나는 할머니의 눈동자를 들여다보려 벽면에 다가갔다. 코끝이 벽에 닿았다. 눈동자 속에 무언가를 손에 든 사람들의 실루엣이 보였다. 할머니가 있는 곳을 향해, 인파를 향해 눈동자 속 실루엣이 돌진하고 있었다. 그제야 알아챘다. 광장 안에서 걸음을 재촉하던 사람들은 단순히 바빴던 게 아니다. 그들은 지금 위험을 감지했다. 일찍 위험을 인지한 사람이 한 걸음이라도 먼저 피신을 꾀하는 중이다. 아이가 엄마를 향해 뛰어간다. 개가 갑자기 방향을 튼다. 여자가 커피를 쏟는 바람에 보지 못한 각도. 그녀의 시야 밖에서 위험이 다가온다.

재생 속도를 최저로 설정하고 광장 안을 큰 걸음으로 걸었다. 수십 미터 앞, 인파 속으로 직진해 오는 규칙적이고 정렬된 발걸음이 있다. 지면이 미세하게 흔들렸다. 아니, 고정카메라가 흔들림에 맞춰 상하로 미묘하게 떨렸다. 비명이 솟구치기 직전, 사람들이 위험을 인지했다. 아직 상황을 인지하지 못한 사람들에게도 공포가 전염됐다.

영상의 마지막 순간, 화면이 둔탁하게 상하로 크게 흔들렸다. 인파를 향해, 육중하고 비대한 철강 덩어리가 광장으로 들어오고 있었다.

탱크다.

할머니 앞에, 등 뒤의 위험을 아직 인지하지 못한 사람들이 서 있다. 나는 사람들을 향해 몸을 던졌다.

퍽.

하얀 벽이 내 몸을 팅겨냈다.

"권력을 무너트리고 싶다면 자신의 삶부터 철저하게 관리해야 해요, 이젠."

스칼렛 수녀가 화면에 나타났다.

"스칼렛, 너나 스스로를 구원해."

나는 벽을 향해 몸을 던졌다. 몇 번이고.

퍽.

퍽, 퍽. 벽은 사정없이 나를 팅겨냈다.

벽면 영상이 멈췄다. 스칼렛의 모습도 함께 멈췄다. 그녀는 영상 속 존재였다. 처음부터 끝까지.

머릿속 영상이, 잘려 나갔던 기억이 재생된다.

6월의 이른 여름, 나는 학교 정문을 나섰다. 학생들을 비롯한 시민들이 벌인 민주화운동은 봄부터 계속 이어지고 있었다. 가난한 사람이 더욱 가난해지고 있었다. 동네 공장에서 일하기 위해선 몇 단계에 거쳐 브로커들에게 뇌물을 건네야 했다. 참지 못한 사람들이 거리로 나왔다. 이대론 살 수 없었다. 군사정권이 강제해산을 선포했을 때 사람들의 의지는 더욱 확고해졌다. 그리고 대낮에 발포가 시작됐다. 시민들이 삼삼오오 앉아 있는 곳으로 탱크와 장갑차가 밀고 들어왔다. 야만의 바퀴를 질질 끌고 탱크는 사람들을 짓밟았다.

눈앞에서 사람들이 탱크에 깔렸다. 도망치며 뒤를 돌아보았다. 등 뒤로 사람들이 짓밟혔다. 나는 철강 덩어리보다 무거운 죄책감에 짓눌렸다. 결코 내가 갖는 죄책감을 저들이 강요하는 죄책감으로 혼동하지 않을 것이다. 나의 속죄는 다른 방식으로 이어질 것이다. 어떤 시공간에 있든. 내 몸이 어디에 있든.

심장이 천천히 뜨거워지기 시작했다. 차갑게 식어 있던 심장이 오랜만에 펄떡였다. 죄책감의 늪에 빠져 꼼짝 못 했던 몸이 이제야 뜻대로 움직였다. 땀이 흘렀다. 터질 것같이 피가 솟구쳤다.

"도망쳐! 도망쳐!"

나는 화면이 투사된 벽을 향해 몸을 날리고 또 날렸다. 영상 속 사람들에게 닿지 않는 걸 알면서도. 나는 서서히 정신을 잃고 쓰러졌다. 멀어지는 의식 속에서 스칼렛이 누군가에게 보고하는 소리가 들렸다.

"스칼렛 담당 샘플 muggle0535, 교화에 실패했습니다. 테스트를 종료합니다."

스칼렛의 말에 두 남자가 탄식했다.

"끈질긴 녀석들. 너무 완고해. 이 샘플은 그냥 버려."

"이렇게 죄책감과 무력감을 심어줬는데 얜 왜 이렇게 당당해? 세상이 바뀌지 않는다고 시인해놓고선 어리석은 선택을 반복하다니."

"저 샘플은 그냥 포기하는 게 낫겠어. 어르신들한테 보고하기도 영 까다로워서 말이지."

"저렇게 집요하고 고집스러운 애들이 꼭 있다니까. 자기만족 이외엔 아무런 쓸모가 없는 데에 목숨을 걸어요."

두 남자가 서둘렀다.

"네오나치를 비롯한 우파 백인 사회도 이번 실험에 주목하고 있어. 사사오카 재단에서 연구비도 추가로 지원해줄 거야. 과거 사람들의 뇌파를 해킹할 수 있다는 사실은 영원히 비밀이 될 테지."

무언가 쓰레기통 안에 떨어지는 소리가 들렸다.

"애초에 선별한 샘플들이 반사회적인 애들이잖아. 아무리 뇌파를 해킹해 특정 영상을 반복해 보여준다지만, 원래 싹수가 노란 애들인데 이래서야 어르신들이 원하는 대로 통제할 수 있겠어?"

"성공률이 높은 샘플을 선별하자고. 별것 아닌 것 가지고도 자기합리화 잘하는 애들 있잖아. 그런 애들로만 골라봐. 봐, 저기에 많잖아?"

목소리가 멀어졌다.

"헉"

눈을 떴다. 땀이 흘렀다. 대낮 길거리에 쭈그리고 앉아 깜빡 잠에 빠지고 말았다. 오랫동안 앓아온 기면증이다. 짧은 순간 긴 꿈을 꿨다.

나는 쭈그리고 앉은 할머니 앞에 앉아 있었다. 돌아가신 어머니가 생각난다며 잡담을 했다. 나물을 잔뜩 샀다. 다 해 먹을 수 있으려나? 비닐봉지 가득 나물을 받아서 안았다. 할머니의 눈동자 속을 바라본다. 나는 손을 뻗었다. 벽이 아니라 할머니의 쭈글쭈글한 얼굴 주름이 손끝에 느껴졌다. 할머니의 눈동자 속에 무장한 공권력이 비친다. 나는 자리에서 벌떡 일어나 뒤를 돌아보았다. 새까만 고철 덩어리가 인파를 향해 돌진해 오고 있었다.

"다들 피해, 어서!"

지체할 수 없었다. 사람들 사이로 들어가 목소리를 뱉었다. 낼수 있는 가장 큰 목소리를 질러야 한다. 수천 번도 넘게 반복하여 상상하고 결의했던 순간이다. 다시 그 현장에 선다면 어떤 선택을 할 것인가. 도망치다 평생 죄책감에 시달리고 싶진 않았다. 내 심장이 원하는 길은 처음부터 한 가지뿐이었다. 매일 밤 피에 젖은 채 꿈속에 나타났던 남자가 멀리서 걸어왔다. 나는 달려 나가 그를 어깨로 밀었다. 영문을 모르겠다며 남자가 골목 안쪽에 주저앉았다. 거기서 나오지 마세요! 나는 몸을 일으키려는 그를 제지했다. 그가 내게 욕하는 모습을 보니 기분이 좋았다. 비명이 터졌고 사람들이 썰물처럼 광장 여기저기로 퍼졌다. 탱크 바퀴가 순식간에 코앞까지 닥쳐왔다.

나는 한 손에 검은 가방을, 다른 한 손에 비닐봉지를 들고 탱크 행렬 앞에 섰다. 그토록 원하고 기다렸던 순간. 주변이 타오를 듯 환하다. 심장의 두근거림이 온몸에 퍼졌다.

니시와세다역 B층

집 근처에 있는 신주쿠구 도야마 공원은 낮에는 밝은 분위기의 근린공원이다. 하지만 사람들이 삼삼오오 모여 있는 곳을 조금만 벗어나면 금세 숲이 울창한 곳이 나오고, 갑자기 한적하고 을씨년스러워진다. 도야마 공원은 곳곳마다 여러 얼굴을 품고 있어 산책하기 아주 좋은 곳이다. 도쿄의 코리아타운으로 유명한 신오쿠보역에서도 가까워 산책을 하다 보면 한국어도 자주 들려온다.

유학 생활 1년째, 월세를 최대한 아껴야 했으나, 다다미 넉장 반 크기의 방에 유학생 둘이 사는 건 각오 이상의 고행이었다. 너무 비좁아 산소결핍증마저 느껴지는 듯했다. 그런 생의 호흡 곤란을 느끼는 가난한 유학생에게 넓은 도야마 공원은 단순한 산책 공간 이상의 의미가 있었다. 크게 숨을 들이쉬면 좀 더 버텨보자는 결심이 함께 폐부로 흘러들어 왔다.

도야마 공원에 어둠이 짙어지면 비로소 얼굴을 보이는 사람들이 있다. 몇 년 전 중학생들에게 '가리狩り'를, 바꿔 말해 '사냥'을 당한 뒤 돌아온 홈리스들이 그중 하나다. '그랜드 어반 가든' 유의 멋진 이름을 뽐내는 맨션이 들어선 타이밍에 중학생들이 홈리스를 습격했다. 주거공간이었던 간이 텐트가 폭격을 입은 것처럼 파괴되었고 그들이 입은 피해는 사냥을 당했다는 속어 정도로 하찮게 취급되었다. 또 다른 하나는 인적이 드문 공원에서 은밀한 만남을 갖는다는 성소수자들이다. 이 그룹을 소재로 한 자극적인 소문은 늘 유령처럼 떠돌았다. 마지막 하나는 진짜 유령들이었다. 도야마 공원엔 유령이 자주 출몰한다는 소문이 있었다. 재밌는 건 유령들보다 유령 뒤를 쫓아다니는 사람들이 더 많다는 사실이었다. 이들은 도시 괴담을 섭렵하고 유령 출몰 장소를 찾아 담력 테스트를 즐기며 말초적 자극을 음미했다. 나는 아무것도 모르고 매일 밤 공원을 산책하다가 다양한 사람을 마주쳤다.

"배고파…."

밤에는 아직도 겨울처럼 춥던 이른 봄날, 어떤 아저씨가 쓰러져 있는 모습을 발견했다. 홈리스라는 확신 말고는 다른 생각이

들지 들지 않는 냄새가 풍겼다. 하지만 아저씨의 한국말이 귀에 꽂혔고, 반사적으로 걸음을 멈추게 됐다. 나는 괜찮으시냐고 물었다. 아저씨는 답이 없었다.

일본의 소식에 늘 허기져 있던 나는 항상 곤약 젤리를 가방에 넣고 다녔다. 아저씨에게 젤리를 건넸다. 그는 허겁지겁 젤리를 흡입하곤 인사도 없이 휘청거리며 그늘 속으로 사라졌다. 그의 뒷모습을 보고 나는 눈을 비볐다. 살짝 철렁했다. 어떡해. 나 유령 봤나 봐. 하긴, 도시 괴담으로 유명한 공원이니까. 이상할 것도 없었다. 가난한 외국인이 후미진 곳에서 살다 보면 유령쯤이야 하찮게 여길 배짱이 생기기도 하니까. 유령보단 사람이 무서운 법이지. 이를테면, 여자 화장실에서 남자가 불쑥 튀어나왔을 때가 훨씬 무서웠다.

"미안, 미안, 어두워서 착각한 거야. 정말이야."

나는 만에 하나를 대비해 카메라를 켰다. 남자가 변명하며 허둥지둥 자리를 떴다.

"어우, 깜짝 놀랐잖아!"

스마트폰 조명 때문에 눈을 찡그리고 있던 사이, 남자는 어디로 갔는지 흔적없이 사라졌다. 사람 보고 놀란 유령인가? 아무래도 오늘만 귀신을 두 번 본 것 같은데? 정말 내게 귀신 보는 능력이 있는 건지 어딘가에 가서 확인하고 싶을 정도였다.

담력 테스트로 유명한 도야마 공원은 밤에도 호기심 많은 젊은 애들로 붐볐다. 아기를 안고 공원을 배회한다는 '고소다테 유레子育て幽霊', 즉 '육아 귀신 이야기'는 1970년대 이후로 계속 이어지는 괴담이라고 한다. 음침하고도 유서 깊은 곳을 골라서 찾아다니며 공포 체험을 엔터테인먼트의 정수로 여기는 괴담 소비자들이야말로 진짜 귀신 같았다.

2

"소라 씨, 니시와세다역에 아주 기묘한 엘리베이터가 있는 거 알아?"

오후 수업이 끝난 교실, 학내 괴담 서클 '에도리버'의 대표이자 파워 블로거인 에즈라가 말을 걸어왔다. 수업이 몇 개 겹치는 바람에 안면을 텄지만, 갑자기 괴담에 관한 얘기를 꺼내는 건 다소 의아했다. 도야마 공원에서 매일 밤 내가 산책을 즐긴다는 소문이 아무래도 와전된 것 같았다. 에즈라는 내가 도시 괴담을 이해하고 즐기는 유학생인 것으로 완전히 오해했는지 자기 서클에 가입하라고 회유하려 했다. 단순히 니시와세다역 근처에 살고 있어서 귀가 쫑긋했을 뿐이었는데, 에즈라는 내 얼굴을 보곤 관심을 표한 것으로 확신한 듯했다. 말이 통하는 동료를 만난 것처럼 에즈라는 기대에 가득 찬 눈빛을 보였다.

"바로 저긴데, 같이 가볼래?"

권유형의 문장이었지만 상당히 강한 어조였다. 정말 권유하려는 의도였다면 일반적인 일본어 화법을 구사했을 것이다. '만약 괜찮다면'이라는 표현을 문장 앞에 붙이거나, '어떠신지요'라는 확인을 문장 뒤에 붙였을 것이다. 앞뒤 말을 잘라먹은 채 앞장서고 있는 에즈라의 모습은 얼른 가자는 독촉이나 다름없었다. 나는 피식 웃으며 에즈라와 교실을 나와 걷기 시작했다. 1년쯤 도쿄에 살다 보니 외국인에게 먼저 말 거는 일본 사람을 보면 무조건 반가웠다. 경험상의 통계였지만 상대의 일본어 레벨을 모르면서 외국인에게 다가가는 일본 사람들은 대체로 괴짜였다.

나는 그즈음 안면 인식 장애를 옅게 겪고 있었다. 한국을 떠나기 직전에 상담을 받았는데 심리적인 원인이라는 진단을 받았다. 의사는 일시적일 거라고 말했지만 언제 끝날지는 예견하지 못했다. 대학 입시를 세 번이나 도전했는데 부모님이 원하는 대학에 가지 못했다. 고등학교 때 친했던 동기들이 대학교 4학년이 되어 취업 준비를 시작했지만, 나는 친구들에겐 진작 과거가 된 시절에 발이 묶여 있었다. 네 번째 입시를 준비하던 시절, 안면 인식 장애 증세가 가장 심각했다. 아무와도 만나고 싶지 않았다. 누구와도 눈을 마주치지 못했다. 거울도 보지 못했고, 결국, 도피 유학을 왔다. 다행히도 도쿄에는 서로의 얼굴을 빤히 쳐다보는 문화가 없었다. 그제야 나는 고개를 들고 다니기 시작했다. 그래도 여전히 사람의 얼굴을 구분하는 일에 곤란함을 느꼈다. 타인을 인식할 다른 방식을 찾아야 했다. 상대를 만날 땐 옷차림이나 키, 걸음걸이 등을 기억하려 애썼다. 덕분에 후각이 조금 예민해졌다.

외향적 특징이 무색무취한 사람들에 비하면 에즈라는 알아보기 쉬웠다. 그의 말소리는 톤이 높았고 과장스러웠다. '뭐야, 뭐야', '엄청난데', '이거 대단한데' 같은 말을 자주 연발하면서 녀석은 늘 주변의 관심을 얻으려 했다. 녀석이 불쑥 나타나면 멀리서부터 에즈라만의 독특한 분위기가 풍겼다. 녀석에게선 오렌지 냄새가 났다. 그저 오렌지를 좋아하는구나, 자주 먹는구나 싶었다가, 나중에야 오렌지 향기가 나는 향수를 쓰고 있다는 것을 알았다.

순수하게 서클 회원 확보를 위한 활동인지 모르겠지만, 에즈라가 내게 관심을 보이는 게 싫지 않았다. 연애는커녕 친구도 없이 지냈던 참이라 이참에 오타쿠스러운 일본인 남자친구가 있는 것도 괜찮을 것 같았다는 생각이 들었다.

녀석이 자꾸 내게 접근하자 조만간 사귀자고 말하겠거니 싶었다. 잘생긴 얼굴은 아니었지만 그는 항상 자신감에 넘쳤다. 꽤 인기 있을 것 같았다. 촌스러운 헤어스타일을 조금 바꾸고 옷차림에만 조금 신경 쓰면 인상이 확 달라질 것 같은데. 오타쿠들은 도대체 일상을 챙기는 밸런스 감각이 없다. 서로 알고 지낸 지 얼마 되지 않았으니 조금만 더 하는 걸 보고 태도를 정해야겠다고 나는 설탕을 듬뿍 넣은 달짝지근한 김칫국을 마시던 중이었다. 학교 정문을 벗어나자 에즈라의 목소리가 더 커졌다.

"소라 씨, 한국에도 유령 출몰하는 곳 많겠지? 다음에 귀국할 때 나도 같이 가자."

당분간 한국에 갈 생각이 없었다. 오로지 자신의 호기심을 위해 내게 귀국을 권하는 에즈라의 태도는, 역시 민폐 끼칠 상황을 염려하는 일반적인 일본 사람들과 다르다. 남의 형편을 자잘하게 고려하지 않는 게 괴짜들의 특징이다. 괴짜 일본인 친구와 한국에서 괴담으로 유명한 지역을 탐방하러 다닌다고 생각하니 재밌겠다 싶었다. 동시에 엄마나 친구 얼굴이 떠올랐다. 네가 지금 그럴 나이냐고 힐난하는 목소리가 들리는 것 같았다. 서울에서 비행기로 1시간 반밖에 걸리지 않는 곳이지만, 바다를 건너와서 보니 한국 소식은 먼 나라 이야기가 되었다. 한국에서 아등바등 허송했던 세월은 바다를 건너면서 고스란히 비행기 창밖으로 쏟아버렸다. 이제는 주변에서 늘 말하던 당위나 의무

같은 게 남의 일처럼 느껴졌다. 한국에서 입시 준비했을 때 에즈라를 만났다면 괴담 따위 귀 기울였을 리 없다. 나는 여유로운 미소를 보이며 에즈라의 수다를 들었다. 우리는 니시와세다역으로 연결된 엘리베이터 앞에 도착했다.

"여기야, 평범해 보이지만 수수께끼를 품고 있는 공간. 우리 주변에 이런 비밀을 품고 있는 곳이 엄청 많아. 우리는 그저 하나씩 발견해가는 거야. 역사 속으로 시간여행을 하는 거지."

에즈라가 괴담 서클 대표답게 한껏 분위기를 잡았다. 나는 못 이기는 척 에즈라와 함께 엘리베이터에 올라탔다. 엘리베이터는 지하 1층의 지하철역으로 연결되어 있었다. 에즈라가 엘리베이터 버튼을 가리켰다.

"이거 봐, 이상하지 않아? 지상 1층을 의미하는 '1' 버튼과 지하철역으로 연결된 지하 1층을 의미하는 'B1' 버튼 사이에 'B' 버튼이 있어. 게다가 B 버튼 위에 '통로층'이라고 써 있는데, 아무리 눌러도 B층에선 멈추지 않아."

에즈라가 말한 대로, B 버튼을 누르자 해당 층에서 멈추지 않는다는 음성 안내가 흘러나왔다.

"이게 무슨 얘기냐, 우리가 지하 1층이라고 알고 있는 지하철 연결 통로는 실제로는 지하 2층이라는 거지. 지상층과 지하 1층 사이에 별도의 플로어가 존재한다는 얘기야. 근데 누구도 B

층으로는 진입할 수가 없었어. 딱 한 번 우연히 B층에 엘리베이터가 멈춰서 살짝 들여다본 사람이 있었어. 우리 학교 사람이었는데 우리 괴담 서클의 초창기 멤버들에게만 해준 이야기야. 그가 말하길, B층에 엘리베이터가 도착해 문이 열리자 보초처럼 경찰이 서 있었다는 거야. 무슨 장소인지 제대로 보지도 못하고 바로 지상으로 끌려 올라왔대. 그리고 곧장 연행돼 함구할 것을 강요받았고. 이게 뭘 얘기하는 것 같아?"

에즈라는 신나서 떠들어댔다. 그러는 사이 엘리베이터는 지하 30미터 아래로 깊숙이 내려갔고, 아무 일도 없어 보이는 지하철 연결통로에 사뿐히 내려앉았다. 문이 열리자 지하층이 머금은 눅눅한 냄새가 미지근한 공기와 함께 콧속으로 번졌다. 나는 에즈라를 내리게 한 뒤 엘리베이터 안에서 말했다.

"나 오늘 JR 타고 갈 거라 다시 올라가야 해. 넌 지하철 타지?"

에즈라가 지하철을 탄다는 걸 알고 있어서 나만 다시 올라가려 했다. 그러자 녀석이 나를 따라 다시 지상으로 올라가는 엘리베이터에 들어왔다. 그러더니 하던 얘기를 계속 이어갔다.

"우리가 공포 체험을 하는 건 단순히 무서운 이야기를 찾는 게 아니야. 그 속에 감춰진 비밀을 찾아내겠다는 거야. 공권력을 가진 자들만 독점하고 있는 비밀을 말이야. 소라 씨, 도야마 공원이 이전엔 육군 시설이었다는 거 알아?"

무지와 공포는 연결된다. 일반인들이 정확한 정보를 획득할
수 없을 때 각종 소문과 괴담이 늘어간다. 음모론도 멀지 않은
곳에서 기웃거린다. 엑스파일이군. 나는 지상 1층 버튼을 눌렀
다. 문이 천천히 닫혔다. 에즈라의 음모론이 이어지는 사이, 나
는 B 버튼을 무심코 꾹 눌렀다. 별생각 없이 짧게 두 번, 길게 두
번. 그리고 마지막으로 짧게 한 번, 길게 한 번 더 눌렀다.

띵.

B 버튼에 불이 들어왔다. 에즈라의 수다가 멎었다.

3

엘리베이터 문이 열렸다. 어둠 속에서 어슴푸레 긴 통로가 이
어진 게 보였다. 끝이 보이지 않는 세계가 펼쳐졌다. 문밖 풍경
이 예사롭지 않았다. 지하 1층에서 풍겼던 눅눅한 공기와는 전
혀 다른 냄새가 끼쳤다. 차갑게 날 선 비린내가 코를 찔렀다. 어
둠이 우리를 향해 손짓했다. 이 문을 나서면 전혀 다른 세계로
들어갈 것 같았다. 몸이 떨렸다.

"야, 이거 뭐야. 어떡해."

나는 불안해지기 시작했고 에즈라는 눈을 빛내기 시작했다.

"B층이 열리다니. 이건 가야 해. 소라 씨, 같이 가자."

에즈라가 내 손을 덜컥 잡았다. 내 의견을 묻지도 않고 그는 나를 엘리베이터 밖으로 끌어당겼다. 나는 마음을 정하지 못해 엘리베이터 열림 버튼만 꾹 누르고 버텼다. 밖은 위험해. 불길한 예감이 온몸을 뻣뻣하게 만들었다.

"너, 괜히 겁주려고 원래 안 열리는 데라고 거짓말한 거지?"

"무슨 소리 하는 거야? 얼른 내려."

에즈라의 열띤 얼굴은 이것이 그도 예상하지 못한 상황임을 적나라하게 드러냈다.

열림 버튼이 제대로 작동하지 않았다. 엘리베이터가 닫히기 시작했다. 문이 완전히 닫히기 직전, 나는 순간적으로 B층에 내려섰다. 엘리베이터가 곧장 지상층으로 올라갔고 우리는 B층이 머금은 완벽한 암흑 속에 남겨졌다. 에즈라의 손바닥이 축축해지기 시작했다. 나는 에즈라의 팔을 붙잡고 천천히 암순응을 기다렸다. 이윽고 암흑 속에서 긴 복도가 끝없이 펼쳐졌다.

에즈라는 성큼성큼 복도를 걸어가기 시작했다. 공포에 떨고 있는 나와는 달랐다. 녀석의 목소리는 조금 떨렸고 흥분에 전율하고 있는 걸로 보였다.

"이 복도, 옛 육군사관학교 건물로 연결된 통로가 분명해. 그 얘긴 관동지역 방역급수부 시설과 연결되었다는 얘기지."

오타쿠답게 에즈라가 아는 정보를 나열했다. 나는 엘리베이터 문이 닫히기 직전에 날렵하게 빠져나온 나의 순발력을 탓했다. 눈은 어둠에 적응하고 있었다. 심장은 더 떨리기 시작했다. 온갖 상상이 휘몰아쳤다. 갑자기 경찰이 튀어나와 연행되면 어쩌지? 상상 속에서 나는 외교부에 연락할 일을 걱정했다. 비밀스러운 공간에 숨어 사는 홈리스에게 둘러싸이는 상상이 뒤이어 나를 덮쳤다. 쥐와 같은 야생 동물들에게 습격을 받아 페스트나 전염병에 걸리면 큰일인데. 한국에 돌아가 전염병 유입시켰다고 욕먹는 상상을 하니 벌써부터 아찔했다. 비밀리에 연구하고 있는 일본 의사들을 만나 협박을 받는 건 아닐까. 광기에 휩싸인 연구자들이 머릿속에서 누런 이를 드러냈다. 어쩌면 만원 전철 안 승객들처럼 다닥다닥 붙어서 사는 유령들을 만나게 될지도 모른다. 부디 말이 통하는 유령들을 만나게 되길. 혹시 이 복도가 어디로도 이어지지 않은 채 끝없이 계속되는 건 아닐까. 이상한 4차원 공간에 영원히 갇히는 상상을 하다 부르르 떨었다. 끝내 미로를 빠져나가지 못하고 행방불명되는 유학생. 그런 뉴스가 한국과 일본에 보도된다. 엄마가 취재진 앞에서 인터뷰하며 그때 우리 딸을 일본에 보내지 말았어야 했다고 펑펑 운다. 온갖 상상이 자꾸 목을 졸랐다.

"원래 이 시설의 이름은 '국립예방위생연구소'였어. 1997년부터 '국립감염증연구소'로 이름을 바꿨지."

에즈라가 따스한 봄날, 산책길에서 발견한 건물을 보고 설명하듯 경쾌하게 말했다. 에즈라의 평소보다 한 톤 더 높아진 목소리가 어두운 복도에 울려 퍼졌다.

"1989년에 깜짝 놀랄 사건이 있었어. 도야마 공원에서 100여 구의 유골이 발견됐거든."

에즈라가 눈을 더욱 빛냈다. 스마트폰 조명을 받아 빛나는 에즈라의 옆얼굴에 그만 흠칫 놀라고 말았다. 말초적 즐거움을 한껏 만끽하고 있는 녀석의 눈이 너무나 번들거렸기 때문이다.

"혹시 홈리스들의 뼈였을까?"

나는 한껏 추리력을 발휘해 답했다. 그렇게 말하고 나니 도야마 공원에서 이따금 홈리스가 휘청거리는 모습을 목격했던 게 공기 방울처럼 퐁 하고 떠올랐다.

도야마 공원의 수많은 홈리스가 갑자기 사라졌다는 이야기는 나도 들은 적이 있었다. 고급 맨션이 들어서기 시작했던 즈음 홈리스들이 사냥을 당하다 결국 살해까지 당한 걸까? 하지만 100여 구의 유골이라니 숫자가 너무 많았다. 맨션이 들어선 건 2000년 즈음이었고 유골이 발견된 건 1989년이다. 시점이 안 맞는다. 언제 사망한 사람들 이야기일까?

"아마도 표본이었던 시체였던 것 같아. 연합군 최고사령부 GHQ에도 보고되지 않은 암매장 사건이 있었어. 종전 직후 시체를 시설 내부에다가 세 곳으로 나눠서 묻었대. 당시 간호사로 일했던 분이 유골이 발견된 이후 증언했지."

패전을·꼭 종전이라고 말하는 일본 사람들의 역사관이 거슬렸다. 무력에 의해 굴복한 것이 아니라 합의에 의해 종전을 선언했다고 역사를 왜곡하는 표현임에도 거의 모든 일본 사람이 이 단어를 사용했다. 어쩔 수 없이 종료했다는 뉘앙스가 평범한 대화 속에 항시 나열됐다.

"표본이었던 시체? 사람을 표본으로 만들었다고?"

괴담이 점점 기괴해지고 있었다. 그제야 도야마 공원에 심령 장소가 많은 이유를 알 것 같았다. 무덤도 아닌 곳에서 유골이 100여 구나 발견되었다니. 서둘러 파묻은 죄악이 제대로 가려지지 않은 것이다. 없었던 일로 만들고 싶은 과거가 부유하는 곳이 이곳 도야마 공원이었다. 그래서 사람들이 모여들었구나. 과학적 증거가 있는 괴담에 구경꾼들이 꼬인 거였다.

덜컹. 그때 어디선가 문을 여닫는 소리가 들려왔다. 에즈라는 말을 멈췄고 나는 스마트폰 조명을 껐다. 가까운 곳에 누군가가 있었다. 사람인지 귀신인지 알 수 없지만, 소리를 낼 수 있는 존재였다.

에즈라의 태도는 취재에 임하는 저널리스트 같았다. 나는 한 시라도 빨리 벗어나고 싶었다.

"나 그냥 엘리베이터로 돌아갈래. 더 보고 싶으면 너 혼자 가."

나는 에즈라의 손을 떨쳐내려 밀었다. 하지만 축축한 그의 손이 수갑처럼 내 손을 포박한 채 놓아주질 않았다.

"쉿."

가까운 곳에서 누군가가 문을 열고 복도로 나왔다. 비릿하고 불쾌한 냄새가 퍼졌다. 희미하게 기억을 자극하는 냄새였다. 도야마 공원에서 마주친 적이 있는 홈리스 아저씨인 것 같았다. 얼굴은 떠오르지 않았지만 스쳐 지나갔던 냄새와 실루엣은 분명 그의 것이었다. 내가 유령으로 착각했던 사람이었다.

"아이고… 배고파…."

그가 허리를 두드리며 기우뚱거렸다. 그의 한국말이 복도 벽에 부딪혔다가 흩어졌다.

"어?"

나는 에즈라보다 먼저 소리가 나는 쪽으로 발걸음을 옮겼다. 얼굴이 보이지 않아 두려움에 떨었던 공포가 가셨다. 상상력이 만들어낸 떨림이 서서히 멎고 있었다.

4

아저씨의 발소리가 멀어졌다. 그가 어디론가 사라지고 난 뒤,

나는 아저씨가 방금 나온 방으로 들어갔다. 에즈라가 바로 뒤에서 따라 들어왔다. 아저씨의 생활공간 겸 작업실인 듯했다. 방에는 기묘한 도구가 가득 차 있었다. 보관 상태가 좋지 않은 서류들이 산더미처럼 쌓여 있었고, 포르말린 용액 속에 잠긴 정체를 알 수 없는 고깃덩어리들이 보였다. 사면 가득 병이 늘어서 있었다.

"실험실인가? 미친 사람 아냐? 전쟁이 끝난 줄도 모르고 여기서 계속 산 건가?"

에즈라가 웃으며 말했다. 에즈라의 말이 깡마른 체구의 패잔병을 머릿속에 떠오르게 했다. 일왕에게 충성하며 패전 후에도 밀림을 지키던 군인이 있었다. 30년 가까이 필리핀 정글에서 홀로 무기를 갈고 닦으며 살았던 그는 전쟁이 끝났다는 전언을 믿지 않았다. 그 군인 같은 사람 아니냐고? 나는 아저씨가 한국어로 말하는 것을 들었기 때문에, 에즈라의 추리가 틀렸다는 것을 단번에 알아차렸다.

그 순간, 방 안에 사람의 실루엣을 한 홀로그램이 나타났다. 불이 켜지듯 하나둘씩 홀로그램 인간이 모습을 드러냈다. 순식간에 방이 가득 찼다. 어림잡아 수십 명. 100명은 거뜬히 넘어 보이는 수의 사람들이 에즈라와 나를 둘러쌌다.

"우와, 이게 다 뭐야?"

방을 가득 채웠다고는 하지만 홀로그램일 뿐이었다. 에즈라는 파리를 쫓듯 손을 휘휘 내저으며 거침없이 사람들을 통과했다. 그는 방 안을 둘러보더니 책상 위의 낡은 노트북을 들여다보기 시작했다. 나는 홀로그램의 모습을 하나씩 들여다보았다. 안면 인식 장애 때문에 얼굴을 알아볼 수 없었다. 나는 홀로그램들을 천천히 통과하며 숫자를 세기 시작했다. 기이한 풍경이었지만 더는 무섭지 않았다. 홀로그램들이 해를 끼칠 리 없었다. 홀로그램들은 옷차림도 제멋대로였으며, 게다가 거적 같은 하얀 천으로 몸을 두르고 있어서, 국적도, 시대도, 생활환경도 짐작할 수 없는 모습이었다. 냄새도 없으니 상황을 짐작하기 더욱 어려웠다. 말없이 한자리에 서 있는 홀로그램들을 천천히 통과해 나는 방 안을 한 바퀴 돌았다. 따로 기능이 설정돼 있는지 내 움직임에 맞춰 홀로그램들이 조금씩 몸의 방향을 틀면서 나를 조용히 지켜보았다. 유난히 몸이 작은 여성 홀로그램 앞에서 손을 들었더니 눈앞의 홀로그램도 손을 들어서 내 손이 있는 곳에 가까이 가져왔다. 마치 살아 있는 것 같았다. 말을 걸어올 것 같아 떨렸다. 여기서 뭐 하는 거냐고 묻는다면 나는 무슨 대답을 해야 할까?

"흠, 이 사람, 유골을 조사하고 있었군."

에즈라가 노트북 속에서 자기도 아는 정보를 발견했는지 지식을 자랑했다.

"1989년 여름이었어. 사망한 지 최소한 20년은 지나 보이는 유골이 이 부근에서 무더기로 발견됐지. 2년 후에 삿포로대학 형질인류학자 사쿠라 교수와 감정인들이 DNA 감정과 탄소와 질소 동위체 검사 등을 진행해 조사 결과를 발표했는데, 두개골만 62개, 두개골은 없는 시신은 100여 구 이상이었어. 4분의 1은 여성이었고, 미성년자들도 포함되어 있었지. 드릴로 인한 천공, 톱에 의한 절단, 절창, 자상, 총상 등의 흔적이 발견됐어. 대부분의 유전자는 몽골계로 밝혀졌고 일본계는 없었지."

"어떻게 그런 걸 다 알아?"

나는 깜짝 놀라며 물었다.

"이 정도야 상식이지."

그게 상식이라고? 에즈라가 알은체를 이어갔다.

"유골이 발견된 이후에 시민사회에서 유골규명회를 만들어서 진상 조사를 촉구했어. 해당 단체는 1990년에 발족했지. 당시 후생성이 서둘러 유골을 소각해 매장하려고 했거든. 신주쿠구는 매년 소각 예산을 책정했고. 그때 109명의 신주쿠 구민이 이의 신청을 해서 2000년 판결이 나올 때까지 소각을 저지해. 2001년에 후생성이 유골 보관을 결정하게 됐고 그다음 해 유골 보관 시설을 만들어 보관해놓고 있어. 발굴된 유골의 소각을 막는 활동에만 10년이 넘게 걸린 거야. 현재까지도 유골이 누군지 특정하진 못했어. 1991년에 중국인 몇 명이 신원 확인 및 유골 반환과 보상을 요구한 적이 있는데 별다른 조치는 없었지."

나는 의아했다. 어째서 후생성이 나서서 유골을 소각하려고 한 거지?

"육군사관학교였다며?"

"정확히는 육군의과대학이었어."

"카데바였나?"

"정상적인 시신이라면 뭐 하러 절단까지 했겠어?"

그런 것도 모르느냐는 표정이었다. 에즈라의 능글대는 미소에 화가 났다.

"뭐야, 병원에서 사람들을 죽였다는 거야? 인체 실험이라도 했다는 거야?"

에즈라가 씩 웃었다. 너무도 유명한 하얼빈의 부대가 떠올랐다. 에즈라가 능글맞게 미소를 띄웠다.

"소라 씨도 731부대 알지?"

"당연하지."

"731부대는 세계적으로도 알려졌지. 근데 제국주의 시대에 그런 부대가 그것 하나만 있었을까?"

에즈라는 겨우 731부대를 아는 것만으로는 일반 상식 수준

밖에 안된다는 듯 더 큰 비밀을 속삭였다.

"당시 관동군 방역급수부는 중국 전토와 싱가포르 등지에 폭넓게 배치되었어. 하얼빈에만 있었던 게 아니야. 그리고 바로 여기 육군의과대학 방역부는 전 세계를 상대로 세균전을 실행하는 총지휘 시설이었단 말씀이야."

에즈라가 영화 스포일러라도 밝힌 것처럼 즐거워했다. 나는 점점 냉랭한 기분이 되었다. 즐거운 듯한 에즈라의 목소리에 짜증이 나기 시작했다. 그때 홀로그램 하나가 말을 하기 시작했다. 중국어였다.

"뭐래?"

"나도 몰라."

그리고 또 하나의 홀로그램이 한국어로 말을 시작했다.

"저는 1925년에 태어났습니다. 1944년에 학도병으로 참전했다가 출병을 거부하고 탈영한 뒤 이곳에 갇혔습니다. 여긴 단순한 감옥이 아니었습니다."

"뭐라고 그래?"

에즈라가 내게 통역을 요구했다.

"쉿, 기다려."

뿌옇게 보이던 실루엣 위로 얼굴이 하나 떠올랐다. 겨우 열아홉 살이었다고 나이를 밝히는 남자아이, 탈영을 시도하다 죽도록 폭행당했다는 그의 야윈 얼굴엔 이가 하나도 없었다. 까불이 사촌 동생을 떠오르게 하는 앳된 모습이었다. 등 뒤에서 또 한 명이 한국어로 자기 이야기를 시작했다.

"저는 1930년에 출생했습니다. 열세 살이 되던 해에 아버지 어머니와 도쿄에 건너왔습니다. 건설 사고로 아버지가 돌아가 시고 화재로 어머니도 돌아가신 뒤 낯선 땅에서 고아가 되었습 니다. 말이 늦은 바람에 사람들에게 도움도 못 구하고 거지처럼 살다가 이리로 왔습니다."

겨우 열네 살 여자아이가 온갖 풍파를 다 거친 노인처럼 말을 토했다.

"뭐래, 뭐래?"

한국어와 중국어가 폭발하듯 쏟아졌다. 에즈라와 내 목소리 가 들리지 않을 정도로 폭포처럼 증언이 쏟아졌다. 줄곧 기다렸 다는 듯, 얘기 좀 들어달라는 듯, 응어리를 풀어달라는 듯.

에즈라가 노트북의 볼륨을 낮췄다. 홀로그램들의 입은 계속 움직이고 있었다. 소곤거리듯 낮은 목소리를 거쳐 끔찍한 사연 들이 계속 흘러들어왔다.

"저 남자애는 열아홉 살에 학도병으로 끌려왔다가 이곳 실험 실로 왔대. 여자애는 고아로 거리를 떠돌다가 왔고, 저쪽 여자 분은 임신한 상태로 들어왔고, 저분은 이곳을 폭파하려고 비밀리에 움직였다가 총살당했다고 얘기하고 있어."

"홀로그램 만든 사람은 어떻게 저런 이야기를 알게 된 거지?"

에즈라는 노트북을, 나는 홀로그램 중에 한국어를 할 줄 아는 사람들의 얼굴을 뚫어지게 들여다보았다. 잠시 후, 다른 홀로그램들이 말을 멈추었고 한 젊은 여성 홀로그램만 혼자서 한국말로 자기 이야기를 시작했다.

"나는 1945년생, 여기서 태어났어요."

나는 에즈라에게 그녀의 말을 동시통역했다.

"어머니가 임산부인 상태로 여기로 들어왔거든요. 어머니의 병이 유전되는지 확인하고 싶었나 봐요. 저는 전쟁 후에도 살아남아서 여기서 25년 동안 지냈어요."

"말도 안 돼! 1945년 종전 후에 태어나 25년을 살았다면 1970년에도 이 실험실이 존재했다는 이야기인데?"

에즈라는 그녀의 말을 부정하려는 건 아닌 듯했다. 그는 궁금증에 눈을 빛내더니 입을 벌리곤 웃었다.

"그게 사실이라면 엄청난 화제를 불러일으키겠어! 블로그 트래픽 좀 늘겠는데?"

속내가 드러났다. 충격적인 증언을 블로그에 실어서 광고비를 벌겠다는 집념이 그의 상기된 얼굴 위에 줄줄 흘렀다. 그가 풍기던 오렌지 냄새에 썩은 내가 함께 풍기는 것 같았다.

"유골을 제대로 조사하면 됩니다. 다른 분들의 사망 시점은 1945년 전후, 저와 몇 명의 사망 시점은 1970년이니까요."

에즈라는 흥분했다. 담담하게 증언하는 그녀의 얼굴을 바라보다 눈이 마주쳤다. 나는 시선을 피했다. 아무리 홀로그램이라고 해도 똑바로 응시하기 힘들었다. 그녀의 작은 어깨, 잘 보이지 않지만 투명하고 뿌연 얼굴이 서글픈 상상을 자극했다.

당신의 이름은 무엇인가요? 태어나고 자란 곳이 실험실이라니, 누가 당신을 키웠나요? 당신 어머니가 앓았던 병은 유전되지 않았다고 입증됐나요? 교육은 받았나요? 친구는 있었나요? 궁금했다. 그녀가 말했다.

"실험실에서 아이를 낳았어요. 그 아이만이라도 살리고 싶었죠."

침묵이 흘렀다. 그 자리에 서서 나는 그녀의 삶을 상상했다. 실험실 원숭이처럼 길러졌을 것이다. 군의관이나 간호사들 손에서 키워졌을 것이다. 치명적인 병을 가지고 태어난 것처럼, 위험한 존재인 것처럼 여겨졌겠지. 당신은 치열하게 살아남으려 했다. 모성이 꽃핀 간호학도 하나가 당신을 어머니처럼 돌봤다. 패전 후 군의관들은 비밀 실험에 대해 함구하기로 결의했고, 뿔뿔이 흩어졌다. 피험자들은 총살을 당했고, 톱으로 몸이 절단당한 채로 야밤에 여기저기 매장되었다. 한 살이 채 되지 않은 당신은 무구한 눈으로 어수선한 풍경을 지켜본다. 그리고 당신은 지하 실험실에 남겨졌다.

실험 자료는 이제 군사용이 아니라 연구용 혹은 보건용으로, 의료 및 복지 산업을 위해 활용될 것이다. 과학자나 제약회사 설립자, 대학교수 등으로 태연히 직업을 바꾼 군의학자들이 전쟁의 유산으로 연구를 이어가는 동안 당신은 실험실 안에서 성장했다. 당신은 간호학도들을 엄마라 불렀고 점점 찾아오지 않는 엄마들을 그리워하다 미워했다. 그리고 어린 나이에 실험실에서 아이를 낳았고 그 아이도 유전성 질환 관찰용으로 실험실에 남겨졌다.

여성 홀로그램이 말했다.

"세 번 탈출했어요. 아무도 우릴 도와주지 않았어요."

당신도 아이도 어차피 주민등록이 없는 무연고자였다. 당신들이 스스로 존재를 알릴 수단은 이 세상에 없었다. 언어발달이 늦어 평범한 대화도 원활하지 않았다. 당신은 결심했다. 자신의 아이만큼은 이 실험실에서 죽어가게 하지 않겠다고. 몇 번이나 목숨을 건 탈주를 시도했고, 여러 번 도야마 공원을 배회했다. 사람들을 마주치면 울부짖었다. 아이를 구해달라고 외쳤다. 사람들은 도움을 청하는 여자를 보곤 비명을 지르며 도망쳤다. 도야마 공원엔 아이를 안고 질주하는 여자와 육아 귀신에 대한 괴담만 늘었다.

"아이를 어느 집 앞에 놓아두었어요. 숨어 있다가 경찰에게 발각됐는데 그들은 저를 실험실로 돌려보냈어요."

"어머니, 그만해요."

아저씨가 방으로 들어와 홀로그램의 말을 막았다. 유창한 일본어였다.

"나만 나왔어. 우리 어머니는 발각된 뒤 결국 실험실에서 짧은 생을 마감했지."

"선생님이 이 시스템을 다 만드신 겁니까?"

에즈라가 아저씨에게 다가가 묻고 싶은 말을 쏟아냈다.

"DNA 정보와 기록물 정보를 하나하나 매칭하신 거죠? 그리고 유골을 최신 기술로 새로 분석해 데이터를 보강한 거고요?"

"그렇다네. DNA 증폭과 자기복제 기술을 적용했어. 성별이나 인종 같은 유전 정보를 비롯해 질병 정보, 탄생 시점과 사망 시점도 판명했고, DNA가 품고 있던 기억도 복원해서 입력했어. 홀로그램을 만들어 그 데이터가 직접 말하도록 설정했더니 훨씬 생생하게 보이더군."

"얼굴은 어떻게 복원한 건가요?"

내가 물었다. DNA에 담긴 정보만으로 피부 상태, 얼굴 형태까지 복원할 수 있나?

"얼굴은 내가 임의로 만들어 넣었어. 언어 봇은 국적에 따라 설정을 해둔 것이지. 우리 어머니는 한국인 사이에서 태어난 분이니 한국어 언어 봇을 설정했지. 태어난 곳이 여기니 살아계셨을 땐 일본어를 구사했겠지만. 홀로그램마다 이름도 임의로 넣으려고 했는데 아직 공백일세. 유족을 만나 진짜 이름을 알게 되면 이름을 붙이려고 한다네."

홀로그램으로 모습을 드러낸 여성이 아저씨를 애틋하게 바라보고 있었다. 유골 혹은 귀신이라고 불렸던 사람들이 아저씨의 시스템을 통해 얼굴을 드러낸 것이다.

아저씨는 결국 고아원에 보내졌고 일본과 미국, 한국에서 유전학을 공부한 뒤로 이곳으로 돌아왔다고 했다. 당시 입고 있었던 옷 속에 든 편지가 아저씨의 출생과 실험실의 존재를 알리는 유일한 단서였다. 아저씨는 평생에 걸쳐 혼자만의 연구를 이어갔다.

아저씨는 유골규명 시민모임과 DNA 감정 담당자들을 찾아가 데이터를 받았다. 비공식적인 움직임을 택해야 했다. 어떻게 알고 나타났는지 공안과 경찰, '마루보マル暴'라고 불리는 폭력단 전담반이 아저씨를 미행했다. 저지르지 않은 일로 수배를 당했다. 동네마다 사진이 크게 실린 포스터가 붙었다. 아저씨가 가는 곳마다 사냥꾼들이 따라붙었다. 아찔한 사고를 여러 번 겪

은 뒤, 아저씨는 지하로 숨었다. 아저씨는 숨어서 연구를 계속했다. 100여 구의 유골 분석이 끝나면 세상에 공개할 생각이었다. 비밀스러운 사명을 품은 인생. 어딜 가나 배고픔이 따라다녔다.

"스무 살 즈음에 이곳 지하실로 들어오는 통로를 발견했지. 그때 여기에서 비밀 파티가 벌어진 걸 목격했어. 1989년이었을 거야. 국립예방연구소가 건설 중이고 유골이 발견되기 직전이었지. 나이 지긋한 어르신들이 은퇴 파티를 하고 있더군. 숨어서 들어보니 의과 대학의 교수, 전염병 연구소 소장, 제약회사 이사, 유명한 사기업 산하 생물 물리 연구소장, 국립 방역 연구소장 같은 사람들이었어. 당당하게 말했다네. 종전 후 자신들이 전 세계 제약 산업 발전에 크게 기여했다고 말이야. 서로 칭송하더군."

아저씨의 눈빛에 서늘한 분노가 떠올랐다가 잦아들었다.

"사람들의 얼굴을 되살리고 싶었어."

아저씨가 쓸쓸하게 말했다. 내가 정중하게 이름을 물었지만, 아저씨는 답하지 않았다.

"유골 분석이 이제야 끝났다네. 여전히 쫓기고 있는 처지라 분석 결과를 어떻게 세상에 드러내야 할지 모르겠군. DNA 감정을 담당하셨던 교수님도 이미 돌아가셨다고 들었어. 자네들이 나를 좀 도와주겠나?"

5

아저씨는 자신의 연구 데이터를 복제해 내게 건네주었다. 신뢰할 수 있는 시민모임에 전해달라고 했다.

아저씨가 알려준 비밀 통로를 통해 지상으로 올라오니 퇴근 시간이었다. 낮 동안 갇혀 있던, 감옥 같은 사무실에서 벗어나 무더기로 쏟아져 나온 사람들이 앞다투어 지하 1층으로 내려가고 있었다. 거리에 가득 찬 사람들의 얼굴은 여전히 내게 뿌옇게만 보였다. 매일 지나다니던 역에 이토록 슬픈 역사를 가진 공간이 있었다니. 이 도시의 지상층과 지하 1층 사이엔 얼마나 많은 슬픔과 고통이 끼어 있는 걸까.

지상으로 올라온 에즈라는 더 흥분했다.

"이거 정말 엄청난데!"

에즈라가 평소에 괴담을 무서워하지 않고 즐긴다는 말이 이제 다른 의미로 느껴졌다. 비참하게 다른 민족을 살육한 과거가 이곳에선 B급 엔터테인먼트로 소비되고 끝난다. 마음이 복잡했다. 아이를 안고 공원을 헤매던, 말이 어눌하고 행색이 추레한 여자가 결국 지하로 끌려갔다. 그녀를 본 목격자들은 귀신의 얼굴로만 그녀를 빚어냈다.

무려 100명이 넘는 사람이 있었다. 아니, 셀 수도 없이 많은 사연이 발굴되지 않은 채 공원 곳곳 차가운 지면에 아직도 누워 있다. 흙 속 뼛조각으로만 존재하며, 자신의 DNA 속에 정보를 담고 발굴되기만을 기다리고 있다. 전쟁이 끝난 뒤에도 자기만의 전쟁을 이어가고 있던 자들의 외로운 투쟁이 도야마 공원에 널려 있다.

"괴담이 근거를 가지면 폭발력이 생기지. 이번 블로그 기사로 광고비 좀 벌겠는데? 영상 찍으러 다시 한 번 가야겠어."

에즈라가 신나서 떠들어댔다.

즐길 수 있는 스토리가 있는가 하면, 도저히 즐길 수 없는 스토리가 있는 법이다. 오늘 만난 아저씨의 얼굴이 기억나지 않는 게 부끄러웠다. 다시 만난다면 그를 알아볼 수 있을까?

어린아이를 품에 안은 젊은 여자가 도야마 공원을 미친 듯 뛰어다니며 정신없이 도움을 구하는 모습이 떠올라 자꾸만 숨이 막혔다. 당신의 얼굴을 떠올려본다. 그 얼굴은 내가 잘 알고 있는 얼굴이었다가, 도저히 누군지 기억나지 않는 얼굴이었다가, 다시 너무도 잘 아는 선명한 얼굴이 된다. 그러다 내 삶과 일절 관계없는 누군가의 얼굴로 둔갑해 멀어진다. 그녀의 얼굴들이 내 머릿속을 획 가로지른다. 구슬프게 울며 내 마음속에서 언제까지나 배회한다.

에즈라는 블로그를 쓰러, 나는 데이터를 보낼 곳을 찾으러 집으로 돌아갔다. 집으로 가는 길, 나는 아저씨와 그의 어머니에게 이름을 하나씩 지어보았다.

김영철, 1969년생, 일본 국적 취득 한국인.

김옥희, 1945년생, 1970년 사망, 주민등록 없음.

이름을 떠올리자 두 사람의 얼굴이 점점 또렷하게 보이기 시작했다.

투
명
러
너

수년 전, 나는 용케 워킹홀리데이 비자를 받아 일본으로 떠났다. 비자 허가가 간당간당했지만, 일본어능력시험 커트라인을 겨우라도 넘겼기 때문에 가능한 일이었다. 만 스물아홉이라는 나이 때문에 한두 달 늦었으면 신청도 못 할 뻔했는데 운이 좋았다.

비자 신청을 하면서 한일 교류의 교두보가 되겠다는 포부를 자기소개서에 썼었다. 그렇게 당당히 대한해협을 건너 도착한 곳은 고작 도쿄의 한 편의점이었다. 편의점에서 한일 교류의 다리 역할을 맡겠다니. 생각할수록 멋쩍었지만 너무 깊이 생각하지 않기로 했다. 어차피 자기소개서는 판타지 소설일 뿐이니까.

당시 도쿄의 최저임금은 시급 기준 800엔대였지만, 내가 일했던 편의점은 750엔을 주었다. 선진국에도 사각지대가 존재한다는 사실을 체감한 순간이었다. 하지만 같은 시기 한국의 최저임금은 시급 기준 4,000원대였으므로, 나는 750엔도 꽤 감지덕지하게 여겼다. 한국에만 계속 머물렀으면 몰랐을 거야. 나는 최저임금조차 받지 못했으면서도 새롭게 체득한 인생 경험에 의기양양했다.

편의점에서 같은 시간대에 일하다 친구가 된 사람이 있었는데 나보다 열 살 위인 사토 유지 씨였다. 나는 한국 정서가 듬뿍 담긴 호칭으로 친근감을 어필하고 싶었다. 그래서 '행님'을 일어로 직역해 그를 '니상兄さん'이라 불렀다. 혈연관계가 아니고선 보통은 그렇게 부르지 않는다는 걸 그땐 몰랐다. 다행히도 니상은 싫지 않은 눈치였다. 나는 실용 외국어 공부라는 순수하고 명쾌한 목표 아래, 쉬는 날에도 니상을 따라다녔다. 외국어를 공부하는 사람이 첫 번째로 만나는 현지인은 그 나라의 국가 대표가 된다. 나는 니상을 통해 일본 사람을 이해했다.

니상은 나를 '후나상'이라 불렀다. 이름이 지훈이니까 친근하게 '후나'라고 부르라고 했더니 끝끝내 마지막에 '상'을 붙여 불렀다. 일본인과의 우정에는 기어이 예의 바른 태도가 따라붙고 마는가. 친하더라도 깍듯이 유지하는 거리감이라니. 말하지 않아도 내 맘 알지, 하고는 영원히 말할 수 없을 것 같았다.

니상은 고등학생 시절부터 마흔에 가까운 나이까지 줄곧 편의점에서 일했다. 자랑스러운 기색도, 부끄러워하는 낌새도 없었다. 그는 자신의 정체성을 프로페셔널한 중년 니트족이라고 밝혔다. 자본의 노예 따위로 살지 않기 위해 니트족이 되었다며 자신의 선택을 자랑스럽게 여기는 듯했다. 하지만 편의점 같은 소매업이야말로 자본 유통의 최말단인데 그게 정말로 자부할 일인가 싶었고, 이에 대해 따져 묻고 싶곤 했다. 그렇게 충동이 일 때마다 나야말로 일본이란 사회 말단에 매달려 있는 1년짜리 시한부 신분임을 상기했다.

"니상, 오늘도 손님이 없네요."

아무리 손님이 없어도 서로 감시할 수 있도록 아르바이트생을 두 명이나 두는 건 신자유주의 국가다웠다. 최저임금 불이행 사업체일지언정 노동자관리는 대기업만큼 철저했다. 점주의 목을 옥죄는 자본의 철두철미함 덕분에 고용안정을 느끼며 여느 날처럼 나는 서툰 일본어로 니상에게 말을 걸었다.

"이 근처에 편의점이 세 곳이나 되거든."

관록으로만 치면 점주로 보이는 니상이 한가롭게 답했다. 점주가 아니므로 그는 한가로울 수 있었다. 그런 방관자 같은 태도가 마음에 들었고, 그 덕에 니상과 나는 친구가 될 수 있었다. 유동인구 따위를 조사하며 성공을 굳게 믿은 편의점 업주가 같은 시기에 세 팀이나 밀집하다니. 우리는 그들 세 팀의 엉성한 추진력을, 치밀한 척했으나 결국엔 빈틈투성이였다고 사후평가를 받았을 사업계획을 비웃었다. 외국인 파트타이머 주제에 점주를 걱정하는 오지랖을 보일 필요는 없다. 그저 바쁘지 않아 다행이라고 만족하면 될 뿐이었다:

니상의 한가로운 삶의 태도가 존경스러웠다. 하지만 한국에서 나고 자랐다면 그는 오지랖 넓은 이들에게 참 많은 참견을 들었겠다 싶었다. 한국에선 나이 마흔쯤 되면 대출금으로 땜질했을지언정 집은 한 채는 있어야 하고, 남들로선 알 수 없는 사정이 있을지언정 가정이 있어야 한다. 죽이고 싶은 상사를 끌어안고 있을지언정 규칙적으로 월급을 받는 직장이 있어야 하며, 실패 확률이 80퍼센트가 넘는다는 걸 알지언정 자영업을 시작할 도전정신은 품고 있어야 한다. 이런 한국 사회의 사회적 굴레에서 벗어나 일본에 와 있으니, 니상의 삶을 보고 있자니 숨통이 조금 트였다. 굴레에서 벗어날 수 있어야 새로운 세계에서도 놀 수 있다. 겨우 옆 나라 편의점에서 일하면서도 나는 암, 그렇지, 하며 호기롭게 지냈다.

"니상은 편의점 일 그만두면 뭐 할 거야?"

아차, 질문 속에 편의점 일은 임시적인 노동이라는 전제를 담고 말았다. 니상은 큰스님처럼 관대하게 답했다.

"내일 당장 뭐 할지도 모르면서 미래를 미리 걱정해서야 쓰나."

"거참, 명언일세."

다음 달 월급이 제때에 들어올 거라는 믿음을 가진 자만이 할 수 있는 말이었다. 그의 무계획에 감탄했다. 내 인생의 다이어리는 최저임금 이하의 자원을 가지고 실현하기엔 가히 초인적인 수준의 목표로 빼곡하다. 가끔 고민한다. 아무것도 달성하지 못한 후 종국에 편의점에서 일하느니, 처음부터 편의점에서 일할 것을 계획해 실행하는 게 더 효율적인 건 아닐까? 한국 교육은 도대체 효율적인 방법을 알려주지 않는다. 그러니 내 친구들이 전부 비효율적인 공무원 시험에나 목매고 있지. 반대로, 대학 진학을 일찍 포기하고 직업 전선에 뛰어드는 일본 사람들을 보니 신기했다. 물론, 대학교 졸업장의 경제적 비효율성을 많은 사람이 간파했다고 말할 수도 있지만, 고착된 엘리트 사회를 깨려는 의지가 없었다고도 말할 수도 있다. 고졸 차별이 없다는 말이기도 하고 대학을 졸업해도 월급이 낮다는 뜻이기도 했다. 아무튼, 대학을 졸업한 나도 졸업하지 않은 니상도 우리는 같은 시공간을 마주하고 있었다.

계산대 옆에 나란히 서서 나는 니상과 자주 어릴 적 이야기를 했다. 묘하게도 기억이 겹쳐서 추억이 새록새록 했다. 이를테면

〈세계명작극장〉, 〈독수리 오형제〉, 〈마징가Z〉 같은 애니메이션을 이야기할 때 그랬다. 일본에서 1970년대, 1980년대에 방영했던 애니메이션이 한국에서는 5년에서 10년 정도 늦게 방영됐기 때문이었다. 니상이 열 살 때 봤다면, 우리의 나이는 열 살 차이가 나므로, 결국 나도 열 살 때 같은 걸 본 것이다.

"니상, 〈빨강머리 앤〉 같은 것도 봤어?"

"어렸을 때 여자애들이 많이 봤다는 건 알아."

"그거 꼭 봐야 해. 1화가 장난 아니야."

우리는 다음 휴일에 디브이디를 빌려 보기로 했다.

"니상, 〈이상한 나라의 폴〉은 기억나지?"

니상이 고개를 갸우뚱하자, 나는 퇴근 후 집에 가서 '이상한 나라의 폴'을 검색했다. 당시는 스마트폰이 막 보급되기 시작했던 시기였고 데이터 사용료가 비싸서 사실을 확인하는 데에 하루 정도 시차가 발생했다. 〈폴의 미라클 대작전〉이라는 원제가 떴다. 검색한 이미지를 휴대폰으로 보여주니 니상이 가물가물 기억을 떠올렸다.

"캐릭터는 본 것 같기도 하네."

"그럼 〈개구리 왕눈이〉는?"

"그게 뭐야?"

"니상, 거짓말이지? 왕눈이를 모른다니?"

홍분한 나는 왕눈이 캐릭터를 열심히 설명했다. 때마침 들어온 손님에게 '이랏샤이마세'를 외치지도 못했다.

"눈이 반쯤 감겼고 손끝은 방울 모양이야. 파란 바지를 입고 있고 빨간 모자도 쓰고 있어."

손님이 나간 직후, 우리 대화에 맞춰 편의점 안 진열대 사이로 이상한 녀석이 빼꼼 나타났다. 키가 1미터 정도 되는 캐릭터였다. 그 녀석은 편의점 안을 깡충깡충 뛰어다니기 시작했다. 니상이 팔짱을 끼고 캐릭터를 잠자코 노려보다가 말했다.

"퐁키치 같은 앤가? 그 캐릭터는 노란색이긴 한데."

그러자 캐릭터가 노란색으로 몸 색깔을 바꿨다.

"아니, 녹색이야."

"케로로 중사 같은 건가?"

캐릭터가 다시 녹색으로 몸 색깔을 바꿨다.

"아니, 그렇게 동글동글한 애가 아니고. 답답하네."

'답답하다'라는 말에 딱 맞는 일본어가 없어 한국말이 튀어나왔다. 하긴 '화병'을 온전히 번역할 수 있는 표현도 한국어밖에 없으니. '모도카시이もどかしい'라는 표현이 비슷한 뜻이긴 하다. 다만, 일본 사람들은 이 표현을 쓸 땐 뭐가 잘 기억나지 않아 머리를 손으로 짚는 시늉을 하는 데 반면, 한국 사람들은 '답답하다'고 말하면서 가슴께를 때린다. 그만큼 두 표현은 큰 차이가 있다.

어쨌든 뭐든지 빨라야 직성이 풀리는 한국의 정서와 맞지 않게 대화 전개가 너무 느렸다. 니상과 내가 대화로 조합해낸 캐릭터가 각양각색의 모습으로 변신하며 좁은 편의점 안을 뛰어다녔다. 녀석의 생김새는 지브리 스튜디오의 애니메이션 같은 등신대 캐릭터였다가 〈세서미 스트리트〉에 출연했던 개구리 커밋 같은 명랑만화 그림체의 캐릭터로 변했다. 몸이 커졌다가 작아졌다, 늘어났다 줄어들길 반복했다. 니상이 상상한 캐릭터와 내가 상상한 캐릭터가 도저히 합일되지 않았다. 녀석은 외계인의 모습을 했다가, 미끄덩한 파충류의 모습을 했다가, 가면라이더 같은 히어로의 모습을 했다가, 섹시한 게임 캐릭터의 모습을 하더니 결국 삼천포로 빠져나갔다.

"안 되겠다. 이러다 기괴한 모습이 되고 말겠어."

나는 다음 날 포스터 이미지를 휴대폰에 담아 왔다.

"니상! 얘가 왕눈이야!"

"오, 처음 봤어. 다쓰노코 캐릭터답다. 꿀벌 하치랑 비슷하게 생겼네."

〈개구리 왕눈이〉 제작사인 다쓰노코 프로덕션을 알면서, 다쓰노코의 다른 애니메이션을 줄줄 꿰면서 〈개구리 왕눈이〉를 모른다니! 경악을 금치 못했다.

"일본 사람이 왕눈이를 모르다니, 완전 충격! 로미오와 줄리엣 얘기잖아. 계급 간 갈등을 다룬 명작이라고."

"흠, 한국 사람은 계급투쟁 스토리를 참 좋아하는구나."

그즈음 영화 〈지구를 지켜라〉와 〈웰컴 투 동막골〉을 봤다며 니상이 아는 체했다.

"아롱아, 외롭게 만들어 미안하다! 일본 사람이 널 모른대. 한국 시청자가 널 지켜줄게!"

어제부터 편의점 안에서 이종교배 생물처럼 기괴한 모습을 하고 쭈그려 앉아 있던 캐릭터가 드디어 왕눈이의 모습이 되었다. 그러곤 녀석은 역할을 다해 만족스럽다는 듯 사라졌다.

니상과의 대화는 언제나 스무고개처럼 재밌었다. 내 일본어 실력은 초급 수준이었고 말투도 애니메이션을 통해 배운 거라 버릇이 없지만 우리는 그런데도 말이 잘 통했다. 니상과 오래 알고 지내온 것 같았다. 국적이 다른데도 어렸을 때 경험과 정서가 겹친다는 게 신기했다. 재패니메이션의 글로벌 파워가 이토록 대단한가 싶었다. 나보다 열 살, 많게는 스무 살 어린 애들은 케이팝과 한국 드라마, 영화를 통해 외국인과 옛 추억을 이야기할 테지.

"〈모래요정 바람돌이〉는 알지?"

"그게 뭐야?"

"엥? 바람돌이도 몰라?"

편의점 계산대 위에 이번엔 작은 캐릭터가 하나 나타났다. 나는 열심히 바람돌이를 묘사했다. 파란색 고깔모자를 쓴 노란 이등신. 정체를 알 수 없는 신비한 동물. 눈이 튀어나왔고 입이 크고 고깔모자 속 머리는 장발이었다. 나는 손짓과 발짓으로 캐릭터를 주물럭거리듯 설명했고 마술사가 의외의 장소에서 물건을 꺼내놓듯 니상 앞에 양손을 벌려 내보였다. 내 손짓을 따라 바람돌이가 니상에게 걸어가 그를 빤히 올려다봤다.

"흠, 무민의 노란색 버전인가? 고깔모자는 밈블 패러디인가 봐?"

계산대 위에 선 우리의 바람돌이가 또 정체 모를 이종교배 생물로 바뀌며 꿀렁댔다. 바람돌이가 어깨를 축 늘어트리고 한숨을 쉬었다.

"이러다 유전자 조작 괴물이 하나 또 생기겠네!"

나는 바람돌이 설명하는 일을 멈추고 계산대 위를 두 손으로 휘휘 내저었다. 상상 속 이종교배 바람돌이가 연기처럼 사라졌다.

"무민이 하마처럼 보이지만 원래 사이즈가 말이지, 쥐 정도만 한 거 알아?"

"스톱, 스톱! 내일 다시 얘기하자고, 니상!"

나는 PC방에서 위키 페이지를 긁어다 니상의 휴대폰 메일로 전송했다.

"니상, 얘가 바람돌이야! 정말 본 적 없어? 1985년에 NHK에서 방영됐다잖아?"

〈모래요정 바람돌이〉에 나오는 주인공 어린이들의 용모가 아시아계처럼 보이지 않긴 했다. 그래도 어딜 보더라도 일본 애니메이션인데. 그러나 니상은 처음 본다면서 기대했던 것과 다른 종류의 흥미를 보였다. 나는 애니메이션 주제곡을 흥얼거리며 세계관을 설명해줬다.

"바람돌이는 하루에 한 가지씩 소원을 들어줘. 해가 지면 효과가 사라지지."

"후나상은 애니메이션 오타쿠구나."

"오타쿠가 아니어도 그 정도는 다 알아."

니상의 말을 듣고 커피 스탠드에 비친 내 모습을 들여다보았다. 정말 오타쿠 같나? 갑자기 내 모습이 드라마에서 자주 봤던 전형적인 오타쿠처럼 보였다. 나는 곧장 휴게실로 들어가 머리에 볼륨을 좀 넣었다. 휴게실 거울 속에서 장근석을 살짝 닮은 듯한 녀석이 날 보고 살짝 웃어주었다. 일본 문화를 조금 자세히 안다고 모두가 오타쿠인 건 아니잖나. 장근석 닮은 녀석이 거울 속에서 그럼, 하고 동의해주었다. 나는 휴게실 거울 속의 녀석을 향해 한 번 웃어주곤 다시 매장으로 나갔다.

공감하는 게 겹치다 보니, 간혹 니상은 일본 현지인이나 알고 있을 법한 경험을 나도 당연히 알 거라는 듯 말할 때가 있었다.

"우리 유치원 다닐 때부터 지진대피훈련했잖아, 후나상도 해 봤지?"

"니상, 난 일본에서 자란 게 아니야. 한국엔 지진이 거의 없어. 대신 우린 전시 상황을 가정하고 민방위훈련을 했지. 내가 외국인이라는 사실을 잊지 말아줘."

그렇게 매번 우리 사이의 차이를 재인식하게 만들어줘야 했다. 그러면 니상이 한발 늦게 고개를 끄덕이곤 했다.

"아, 그렇지."

그러더니 자신이 이해한 내용을 덧붙였다.

"흠, 한국으로선 북한이 지진이구나."

굳이 반박하자면 전쟁 위협과 지진은 성격이 다르긴 하지만, 타인의 상황을 자기 입장에 적용되는 언어로 비유할 줄 아는 니상의 역지사지 정신만 높이 사기로 했다. 니상은 자신이 좋아하는 〈블랙 마요네즈〉라는 개그맨 콤비를 따라 빗대어 표현하는 걸 즐겼으니까. 고급스럽게 토론할 정도로 내 외국어 실력이 원만하지 않았다는 것도 넘어가도록 하고. 나처럼 말도 짧고 어눌한 외국인에게 쉽게 동질감을 느끼는 니상. 순박한 니상이 자신을 따르는 사람을 너무 쉽게 좋아하는 게 아닌지 나는 괜히 걱정되곤 했다. 험한 세상에서 사기라도 당하지 않을지. 나는 니상의 노후를 그리다 한숨을 쉬었다.

❖

"후나상, '투명 러너'라고 알아?"

우리가 대화 속에서 만들어냈던 캐릭터들이 편의점에서 뛰어놀다 사라지던 일이 계속되던 어느 날, 니상이 물었다.

"투명 러너? 그게 뭐야?"

어릴 적 동네에서 야구 놀이를 할 때 아이들이 발명해낸 개념이라고 니상이 알려줬다.

"프로야구처럼 다이아몬드형 그라운드를 만들면 여덟 명은 모여야 하고, 삼각형 그라운드를 만들어 베이스를 두 개로 줄여도 여섯 명은 모여야 게임이 되잖아. 근데 맨날 동네 공터에서 놀던 애들은 네 명뿐이었어. 그래서 야구 게임을 할 때 늘 투명 러너를 소환했지."

모든 플레이어가 그라운드로 나가서 타자가 없을 때, 2루에 투명 러너가 있다고 암묵적으로 인지하고 한 명이 돌아와 타자가 된다는 룰이었다. 그렇게 놀다 보면 네 명이던 애들 사이에 꼭 한 명이 더 있는 것 같은 기분이었다고 한다. 간혹 플레이 도중 누군가 투명 러너의 존재를 잊을 때면 다른 애들이 투명 러너 서운하게 하지 말라고 핀잔을 주었고, 그러면 애들이 투명 러너를 배치한 곳을 향해 미안하다고 손을 들어 사과했다고 한다.

"'깍두기' 같은 건가? 예외를 둬서 놀이에 끼워준 애들을 우리는 '깍두기'라고 불렀거든."

"가쿠테키カクテキ? 그건 룰을 무시해도 죽지 않는 불사신 같은 애들이잖아. 우린 그런 애들을 병아리라고 불렀어."

형들이 데리고 온 저학년 동생들이 그랬다. 아무리 죽어도 술래가 되지 않는 무지막지한 프리미엄을 획득한 뒤에야 조금은 동등하게 취급받는 존재. 국적과 명칭은 다르지만 전 세계 어린이들 사이에서 불사신으로 존재했던 동생들의 이름, 깍두기와 병아리.

동네 동생들이 빨간색 주사위 같은 머리통을 달고 매장 안 식사하는 곳에 나타나 꺅꺅댔다. 유치원 때부터 교복을 입는 일본 아이들이 병아리 머리를 하고는 깍두기 머리를 한 애들 사이로 뛰어다녔다.

"근데 왜 가쿠테키라고 불러?"

도저히 깍두기를 '깍두기'로 발음하지 못한 채 니상이 물었다.

"흔하다는 뜻인 것 같은데 정확한 유래는 모르겠어."

연약한 동생들을 불사신으로 승격시킨 것이 깍두기 제도라면, 실재하지 않는 것을 생명력 있는 플레이어로 탄생시킨 것이 투명 러너라는 제도였다.

"우리 동네에선 규칙이 있었는데, 야구 게임을 끝마치고 나면 꼭 '가이산解散'이라고 외쳐줘야 했어. 가이산을 외치지 않고 해산하면 투명 러너가 사라지지 못하거든. 공터에 남아 길을 잃고 동네를 방황하게 되는 거야. 그러다 애들 집에 찾아와 창문을 두드린 적도 있다니까."

"에이, 그건 너무 유치한 괴담인데? 게다가 함께 놀던 애였으니까 무섭지도 않잖아?"

"무섭지는 않았지만 가이산 외쳐주는 거 까먹고 돌아왔으니 미안했지."

깍두기와 병아리 머리를 달고 니상과 내 앞에서 공연히 알짱거리던 애들이 우리의 관심을 끌지 못하자 밖으로 뛰어나갔다. 아이들은 가게 건너편 파친코 가게에서 나오는 사람들 주변에서 아슬랑거렸다.

투명 러너는 주로 놀 거리가 없던 시골이나 가난한 동네 애들이 소환하던 녀석이란다. 니상 동네에 출몰했던 투명 러너는 어린이들과 비슷한 체격이었지만 눈, 코, 입이 없고 투명한 실루엣의 인형 형상이었다고 한다. 다음 날 비가 그치길 바라며 창문에 걸어두는 테루테루보즈 같은 이미지라나. 투명 러너의 모습은 그 이름만큼이나 지역별, 동네별로 다양했다고 한다.

"그게 진짜라면 엄청나게 많은 투명 러너가 전국적으로 발생했겠는데? 해산을 안 외쳐줘서 유령처럼 배회하는 애들이 꽤 많겠군."

바깥에서 비가 조금씩 내리기 시작했다. 방금 우비 차림으로 자전거를 타고 편의점 앞을 지나간 어떤 사람의 얼굴에 눈, 코, 입이 안 보였다. 순간적으로 철렁했다.

"어, 니상, 방금 밖에 있던 저 사람 봤어?"

그러자 니상이 괴담을 낭독하듯 목소리 톤을 바꿨다.

"일본이 괜히 괴담이 많은 동네겠어?"

일전에 니상은 자신이 열광적인 괴담 마니아라고 말해줬다. 특히 이나가와 쥰지라는 괴담 전문 예능인을 좋아해서 디브이디를 다수 가지고 있다고 했다. 심지어 집에서 혼자 '괴담사', 즉 괴담을 들려주는 사람의 흉내도 내본다고 했다. 니상이 옛날 라디오 방송을 녹음했던 게 있다고 해서 빌렸는데, 세상에, 미니디스크였다. 결국 니상의 미니디스크 플레이어까지 빌리고서야 들어볼 수 있었다.

어휘력이 부족한 탓에 음산한 분위기를 제대로 포착할 수 없었다. 그러니 전혀 무섭지 않았다. 이나가와 쥰지 트레이드 마크인 유행어였는데 그가 '이상해, 이상해, 무서워, 무서워'를 연발하면 웃음이 나오곤 했다. 니상이 열심히 연습했던 걸 발휘한 순간이라는 듯 이나가와 쥰지의 톤으로 말했다.

"어느 날, 동네 애들과 야구를 하다가 어느 집 창문을 깨버리고 말았어. 급하게 도망치다 보니 자연스럽게 뿔뿔이 흩어졌는데, 문제는 가이산을 외쳐주는 걸 깜빡 까먹었다는 거야. 어떤 일이 벌어졌을 것 같아?"

니상이 내가 이해하는 어휘만을 사용해 설명했다. 이나가와 쥰지의 괴담을 들었을 때보다 훨씬 흥미진진했다. 이를테면 '깨다'라는 동사를 사용했다가 내가 갸웃한 표정을 보이면 '파괴'라는 표현을 한 번 더 덧붙여 보완해주는 식이었다. 한국어와 일본어엔 발음이 유사한 한자어가 많아 발음을 들으면 모르던 단어도 뜻을 짐작할 수 있었다. 니상은 내가 외운 단어와 아직 모르는 단어를 나보다 더 잘 구분하는 능력이 있었다. 검색창의 자동 완성 기능 같았다.

"3층에 살던 애가 창문 너머로 테루테루보즈 실루엣을 본 거 아냐? 크크큭."

니상이 짐짓 목소리를 가다듬더니 이야기의 방향을 틀었다.

"우리는 그날 이후로 야구를 못 했어."

"왜?"

"바로 다음 날 내가 다른 도시로 전학했거든. 나 혼자만 기숙사에 들어갔어."

"같이 놀던 애들이 네 명에서 세 명으로 줄었으니 투명 러너를 두 명 불러야 했겠군."

"나머지 애들도 그날 이후로 야구를 안 했대."

"셋이서 야구를 하기엔 좀 허전하지."

"그 후에 다들 이사를 가는 바람에 10년 정도 그 동네에 들르지 못했던 거야."

"가이산도 안 하고?"

"그랬지."

니상이 분위기를 잡으며 한숨을 쉬었다. 일본의 개그맨 토크쇼인 〈스베라나이 하나시〉 같아 자꾸 웃음이 나왔다. 니상은 이나가와 준지처럼 괴담사가 되고 싶었나 보다. 나를 청중 삼아 연습을 하고 싶은 모양인데 솔직히 그다지 재능은 없어 보였다. 니상의 이야기를 정리하자면 이랬다.

❖

유지는 10년 만에 고향을 찾았다. 잠시 고향을 떠났던 부모님이 귀향했고 20대 중반이 된 유지가 오랜만에 옛 동네를 방문했다. 유지 부모님의 새집은 마침 유지가 어렸을 때부터 친구들과 어울려 놀던 동네 어린이용 공원 앞이었다.

"와, 추억이 새록새록 떠오르네."

유지는 어린이 공원에서 초등학생 네 명이 야구 게임을 하는 걸 발견했다. 아이들이 가진 글러브며 배트는 꽤 좋은 것들이었다. 유지는 아이들의 고급 장비를 바라보며 자신이 구시대 인간이 됐다는 걸 실감했다.

"야, 우리 멤버 다 그라운드로 나갔어. 2루에 투명 러너다!"

집으로 가려던 유지는 그 소리에 저도 모르게 뒤를 돌아봤다.

화석으로 남아 있다가 현생 인류에게 발견된 구석기 시대 인간이 된 기분이었다. 유지는 무턱대고 반가웠다. 자기가 어릴 때 발명했던 놀이를 지금 애들이 계승해주고 있는 것 같아 뿌듯했다. 유지가 흐뭇한 마음을 안고 집 현관으로 들어가려던 순간이었다. 쨍그랑, 집 유리창이 박살 나는 소리가 울려 퍼졌다.

"큰일 났다. 도망쳐!"

타자가 시원한 홈런을 날린 것이다. 아이들이 도망치기 시작했다.

"이 녀석들아! 그냥 도망가면 어떡해!"

유지가 화를 내며 공원으로 뛰어갔다.

"사과하고 변상을 해야 할 것 아냐…."

흙먼지가 아직 가라앉지 않은 썰렁한 공터에 낯익은 실루엣이 어정쩡하게 서 있었다. 투명 러너였다.

"어, 너는?"

투명 러너는 어쩔 줄 몰라 하며 훌쩍거리고 있었다.

"너, 혹시 나 몰라? 우리 어렸을 때 같이 놀았던 녀석이랑 똑같이 생겼네?"

유지는 확신할 수 없었다. 10년 전에 가이산을 못 들은 투명 러너가 아직도 남아 있는 건지, 아니면 요즘 애들이 만들어낸 신세대 투명 러너인 건지. 아무래도 좋았다. 투명 러너와 함께 놀려면 규칙이 있다. 요즘 아이들에게도 알려줘야 했다. 유지는 어린이 공원 한복판에서 양팔을 높이 쳐들고 10년 만에 크게 외쳤다.

"가이산!"

훌쩍이던 투명 러너가 깜짝 놀라며 유지 쪽을 향해 천천히 몸을 틀었다. 그러더니 유지에게 꾸벅 인사한 뒤 모습을 감췄다. 어디선가 목소리가 들렸다.

"고마워, 유짱."

골목 여기저기에 숨어 지켜보던 애들도 그제야 상황을 파악하곤 유지 앞으로 나왔다. 유지는 어린이들 앞에서 초등학교 고학년 선배처럼 위엄 있는 태도를 갖췄다.

"다 놀고 나면 꼭 가이산을 외쳐줘야 해. 그래야 투명 러너도 쉴 거 아냐. 동등하게 취급해줘."

아이들이 엄숙하게 고개를 끄덕였다. 유지는 어쩐지 중요한 무형문화재를 전달한 것 마냥 뿌듯했다. 박살 난 유리창 변상 문제는 추궁하지 않기로 했다.

❖

만담 콘테스트에라도 나갈 생각인가? 귀여운 미스터리 동화 인데? 나는 피식 웃었다. 일본 사람들의 독특함을 느꼈다.

"일본엔 상상 속 존재가 참 많구나. 민폐 끼치지 않으려고 거리 두느라 타인이라는 존재도 상상 속 존재로 만들어낸 게 아닐까?"

니상은 이야기를 무사히 완결시킨 자부심을 음미하느라 내가 빈정거린 말에 신경 쓰지 않았다. 나는 요즘 체감한 의견을 보탰다.

"니상, 그거 알아? 요즘 일본 문화는 2차 세계대전 직전의 대 중문화랑 비슷하대. 시대정신이나 저항 정신 같은 건 점점 찾아 보기 힘들어진다는 거야. 전쟁 직전에는 문화가 다 죽는대. 문화가 죽고 난 뒤, 그 터전 위에 전쟁이 시작된다는 얘기지. 무서운 시대야."

그러자 니상이 진지한 표정으로 말했다.

"요즘 애들이 투명 러너를 소환해야 할 텐데."

나는 한숨을 쉬었다.

"니상, 요즘 애들은 밖에서 야구 게임을 안 해."

"집 안에서 비디오 게임을 해도 마찬가지야. 투명 러너는 필요해. 없는 존재를 상상하고 새로운 규칙을 만들어내는 일은 언제라도 중요해. 오쿠보에서 혐오 시위를 벌이는 애들에게는 더욱 필요하지."

나는 고개를 끄덕였다. 니상은 며칠 후 내게 모로호시 다이지로의 단편만화 〈유니콘 사냥〉이 실린 만화책을 빌려줬다. 유니콘을 사냥하러 다니는 철없는 어른과 여고생의 이야기를 그린 작품인데, 무려 1981년 출시작이었다. 세상의 숨겨진 존재들을 찾으러 떠나는 두 주인공 이야기가 감동적이었다. 그러나 문제는 니상이 좋았다고 말하는 것들은 다 한 시절 이전의 이야기들뿐이란 것이다.

"니상, 요즘 건 없어?"

"내가 몰라서 그럴 뿐이야. 있을 거야, 어딘가에."

니상이 자조적으로 말했다. 이럴 때마다 나는 중년 일본인들의 열패감을 느낀다. 특히 니상이 한국 영화를 이야기할 때 그랬다.

"한국 영화가 무섭게 크고 있어. 뭐, 티브이 드라마나 코미디 영화는 별로인 것도 많지만. 일본 영화가 완전히 지고 말았어."

니상은 꼭 상반되는 케이스를 함께 나열하지 않으면 성에 차지 않는, 균형 맞추기에 대한 강박을 갖고 있었다. 완전히 졌다고 말하는 니상의 표현 속에서 이전에 이겼던 때를 기억하고 있는 자의 곤혹스러움이 읽혔다.

"니상, 일본 영화가 외국에서 큰 상을 받아도 그건 영화 제작진의 성공이지 니상의 성공이 아니잖아."

나는 그렇게 말하면서 이창동, 박찬욱, 봉준호 감독을 자랑스럽게 소개했다. 나는 왜 해외에서 찬사받는 한국인들을 볼 때면 뿌듯해질까. 니상이 침울해하자 나는 일본의 스포츠나 관광 산업 등 저력이 여전하다고 치켜세워줬다. 하지만 가가와 신지를 추켜올리다가도 그보다 먼저 맨체스터 유나이티드에 진출했던 박지성의 존재를 각인시키는 멘트를 기어이 덧붙이고 말았다.

"한 나라의 저력? 일부 엘리트의 영광 같은 거, 그 나라 국민 개개인하곤 상관없어."

나는 이렇게 말하면서 뿌듯했다.

"그야 그렇지."

니상은 이렇게 답하면서 유쾌하지 않은 표정을 보였다.

워킹 홀리데이로 일하기 시작한 지 1년이 흘렀다. 나는 편의점, 한국 음식점, 호떡집, 빈대떡집, 팥빙수집, 커피숍, 한류 아이돌 굿즈 판매점 등을 전전하며 주로 신오쿠보 코리아타운 안에 머물렀다. 매장에서 일본 손님들과 한국어와 일본어를 섞어 수다를 떨다 보면 조금은 한일 교류의 교두보가 된 것 같은 착각마저 들었다.

코리아타운은 점점 더 북적였다. 한때 우범지역으로 유명했던 오쿠보 코리아타운 일대는 한국식 카페와 팥빙수집, 호떡집이 우후죽순 늘어가며 컬러풀해졌고 칙칙하던 이전의 동네 분위기를 갈아치웠다. 일본의 버블경제 시기를 연상하게 하는 욘사마의 고풍스러운 머리스타일과 옷차림 그리고 매너가 코리아타운에서 시간을 거슬러 재탄생했다. 중년, 노년 여성들이 한류 드라마를 통해 청춘을 소환하며 추억 속에서 둥실 부유했다. 한류는 세대교체 중이었다. 욘사마 굿즈를 사려는 어머니와 동방신기 굿즈를 사려는 딸이 오쿠보에서 함께 쇼핑하며 새로운 게임의 룰을 만들고 있었다.

편의점을 그만두고 아르바이트를 두 군데씩 병행하면서 쉬는 날이 없어졌고, 자연스레 휴일에 니상과 만나는 일도 점점 뜸해졌다. 노동 비자가 발급되는 직장을 잡고 싶었는데 경력이라고는 니상 덕분에 조금 향상된 일본어 실력뿐이었기에 결국 실패했다. 니상처럼 특이한 일본인과 친구가 된 것이 1년 사이 최대의 성과였지만, 그것이 취업 스펙으로 이어지진 않았다. 나는 귀국하기 전 마지막으로 니상을 만나 빈대떡에 막걸리를 마셨다.

"니상 덕분에 나, 그 뭐라고 그러지? 사람이 커지는 거, 세이쟝?"

"세이쵸成長."

"니상 덕분에 나 많이 '세이쵸'했어."

니상은 여전히 내가 말하려는 표현을 너무 잘 이해하고 있었다. 가족도 아니고 애인도 아니며 절친이라기엔 나이 차도 많이 나면서. 이렇게 헤어지고 나면 다시 못 볼 것 같은 예감이 스쳤다. 다시 일본에 올 일이 생길지 안 생길지 알 수 없으니까. 어떻게 고마운 마음을 표현해야 할까. 고민하던 순간, 니상과 나 사이에 앉은 투명한 실루엣을 느꼈다.

"니상, 오늘도 여기 나타났는데?"

"음?"

언제부터 앉아 있었던 걸까? 서로가 뭘 알고, 뭘 모르는지 이해하게 된 이후일까? 모국의 GDP와 상관없이 가난에서 벗어나지 못하는 존재들이 서로의 열패감을 알게 되면서부터일까? 도대체 어떤 프리미엄이 붙어야 '깍두기'나 '병아리' 같은 플레이어라도 될 수 있을까 하는 헛헛한 마음을 공감하게 된 순간부터일까?

니상과 이야기할 때마다 우리 둘 사이엔 기묘한 실루엣이 자주 나타나곤 했다. 나는 손끝으로 실루엣의 형태를 그리며 말했다.

"얘가 지금 통역해주고 있잖아. 내 짧은 일본어가 니상 뇌 속으로 들어가기 전에."

그러자 투명한 실루엣을 한 통역사가 니상의 귀에 속삭였다.

"지훈상가 '세이쵸'노 요미가따오 시리타갓테 이마스ジフンさん
が成長の読み方を知りたがっています."

'지훈 님은 '성장'이라는 단어의 독음을 궁금해하고 있어요.'

어렸을 땐 자주 본 적이 있는 실루엣이었다. 친구들끼리 만들어낸 말장난이나 놀이 속에서 얼굴을 빼꼼 드러내곤 했던 그 실루엣. 친구들과 내가 쓸데없는 얘기를 멈추고, 철이 들고, 생활이 바빠지던 즈음 실루엣은 사라져 있었다. 그런데 외국어를 배우고 짧은 어휘로 수다를 떨며 상상의 나래를 펼치자 니상 앞에서 다시 나타났다. 실루엣이 앉은 곳을 바라보며 니상이 답했다.

"세이쵸. 강코쿠 에이가가 빗크리 스루 호도 세이쵸 시타成長.
韓国映画がびっくりするほど成長した."

'성장, 한국 영화가 놀랄 정도로 성장했다.' 이번엔 실루엣이 내 쪽을 향해 몸을 돌리더니 조용히 속삭였다.

"사토 유지 님은 지금 과거 일본 영화의 전성기를 떠올리며 자국의 문화적 퇴행을 안타까워하고 있군요."

"괜찮아. 애국심이 밥 먹여주지 않잖아. 니상에게 이렇게 말해줘. '일본인이어서가 아니라 니상이어서 우린 친구가 될 수 있었다고 생각해. 나는 다음 주에 귀국해. 그동안 고마웠어.'"

내가 말했다. 그러자 실루엣이 한 번 더 니상에게 전달했다.

"고쿠세키 간케이나쿠, 니상다카라 도모다치니 나레타토 오모우国籍関係なく兄さんだから友達になれたと思う. 라이슈 기코쿠 시마스来週帰国します. 이마마데 아리가토 고자이마시타今までありがとうございました."

"소다나そうだな."

니상과 나는 마주 보며 웃었다. '그래.'

차마 다 해석되지 않는 것, 이가 빠진 것처럼 불명확한 것, 말로 다 전달되지 않는 것, 말로 표현하니 오히려 오해가 생기는 것, 누군가 조장한 의도적인 데마고기, 잘못된 교육이 만든 단단한 장벽, 100년이 흘러도 해결되지 못한 역사적 상처 해결이 간단하지 않은 문제들이 우리 사이에 쌓여 있다. 그런 한계를 장대높이뛰기 선수처럼 폴짝 뛰어넘는 존재가 나와 니상 사이에 살짝 모습을 드러낸다. 해결은 요원하지만 사람과 맥락을 동시에 이해하려고 할 때 가슴으로 이해되는 정서들이 통역되어

성큼 다가온다.

니상과 나 사이에 유능한 통역사가 앉아 있다. 실루엣은 소곤소곤 우리 귀에 대고 동시통역하고 있다.

가이산은 외치지 않았다.

모멘트 아케이드

오늘도 모멘트 아케이드^{moment.arcade}에 들어섭니다. 사람들의 모든 순간이 짧게 가공되어 업로드되는 곳. 누군가가 체험한 기억 데이터를 사고파는 기억 거래소 모멘트 아케이드. 저는 산책하듯 아케이드 여기저기를 걸어 다닙니다. 저마다 자신의 모멘트를 전시하고 있네요. 제가 찾는 건 그런 화려한 모멘트가 아닙니다. 내가 가장 공감할 수 있는 모멘트, 무력함을 극복하게 해줄 모멘트, 활기찬 삶을 대리 체험하게 해줄 모멘트를 찾고 있어요. 액세스 수가 높지 않아도 좋아요. 대중의 환호가 적어도 좋아요. 마음에 딱 꽂힐 그런 모멘트가 필요해요.

그러니 아케이드 운영진이 매일매일 모멘트 이용자 패턴을 통계화해 아케이드 입구에 공개한 데이터는 제겐 큰 의미가 없습니다. 오늘 전시된 통계는 다음과 같네요.

직장인이 점심시간에 가장 많이 체험한 모멘트.
영 어덜트 투표권자들이 선호하는 호러 영화 모멘트 탑10
12월 첫째 주, 가장 많이 접속한 여배우 모멘트 탑5와 셀럽
헤어스타일 탑5

빅데이터는 다수의 선호도를 부각한단 면에서 조사 및 예측 결과가 뻔하기도 하죠. 저처럼 남들의 선호를 따르고 싶지 않은 사람에겐 피하고 싶은 데이터이기도 합니다. 나한텐 굳이 추천 안 해줘도 돼, 그렇게 말하고 싶거든요.

조회수가 한 자릿수인 당신의 모멘트 리스트가 어떻게 제 눈에 들어왔을까요? 당신의 모멘트를 처음으로 구매한 순간, 그리고 그 모멘트가 사막처럼 메마른 제 마음에 단비처럼 다가온 순간은 지금 생각해도 기적 같습니다. 당시 저는 무거운 쇳덩어리를 안고 깊은 해저 속에 빨려 들어간 것처럼 천천히 죽어가고 있었거든요.

당신은 유명 모멘터는 아니었어요. 저는 아케이드 속을 꽤 오랫동안 배회하며 지냈습니다. 모멘트에 접속해 어떤 이가 느꼈던 한순간을 가상공간에서 닥치는 대로 대리 체험하며 하루하루를 보냈지요. 너절한 내 삶을 마주 보고 싶지 않아 다른 사람

의 기억에 탐닉했습니다. 남들은 도대체 어떻게 사나? 어떻게들 그렇게 담담히 살아갈 수 있나? 그런 의문과 의심을 가득 안고서요.

아시겠지만, 아케이드 안에서 쉽게 손에 넣을 수 있는 값싼 기억들은 대부분 누군가가 영화를 보거나 게임 플레이, 인터넷 서핑, 생활 시뮬레이션 등을 체험한 뒤 업로드한 것입니다. 노년층은 차라리 영화를 보라고 마땅찮은 헛기침을 합니다만, 이건 영화를 보는 것과는 완전히 다릅니다. 영화를 본 어떤 이의 정서와 기분을 체험하는 거니까요. 내가 선호하는 영화 장르가 아니어도 정서를 체험하는 데에는 별 무리가 없어요. 모멘터가 체험한 어떤 순간의 감각과 감정을 공유하는 것이니까요. 저처럼 인생에서 아무런 희로애락을 느낄 수 없는 사람에겐 공부가 된답니다. 아, 사람들은 저 순간에 저렇게 감정을 느끼는구나, 하고요.

자신의 생활 환경이 드러날 위험도 있고, 가까운 지인의 프라이버시를 침해할 수도 있기에 진짜 기억은 웬만해선 잘 거래되지 않아요. 게임이나 가상현실을 체험한 모멘트들이 가장 많지요. 시뮬레이션 도시 소울Soul에서 체험한 가상 일상을 올리는 식이었죠. 자랑스럽게 전시된 각양각색의 감정을 사고파는 것이니 VR체험이어도 상관없어요. 요즘 VR는 실재 같으니까요.

－저는 유치한 호러 영화를 봐도 엄청 덜덜 떠는 진정한 소심쟁이입니다. 어제 〈사탄의 인형〉을 보다 실신하는 줄 알았습니다. 저의 공포를 그대로 담은 모멘트를 구매하세요. 당신은 이전에 경험하지 못한 공포를 대리 체험할 수 있습니다.

소심쟁이 호러 전문 모멘터의 자기소개를 보고 피식 웃었어요. 조회수와 유저들의 열광적인 코멘트를 보니 쫄깃한 심장을 품은 소심쟁이 호러 관객은 곧 인기 모멘터가 되겠더군요.

하지만 이것도 제가 찾던 콘텐츠는 아니었습니다. 조회수가 낮은 것 중에 양질의 콘텐츠를 찾는 데엔 시간이 많이 필요하죠.

사람들의 '좋아요'를 지켜보는 것으로는 내 삶은 도무지 좋아지지 않던 어느 날, 저는 여느 때처럼 모멘트 아케이드에 접속했습니다. 시야 왼쪽 상단에 '베타 버전'이라고 표시된 익숙한 로고를 봅니다. 몇 년 동안 베타 버전인 채 정식 버전으로 나아가지 못하고 있네요. 모멘터 관리나 어뷰징 문제, 블랙 모멘트가 일으킨 사회적 문제를 아직도 해결하지 못했나 봅니다.

저는 일상 〉 차분함 〉 연애 카테고리를 선택하고 30대, 여자, 정서, 치유 같은 좀 더 구체적인 키워드를 선택했습니다. 그러자 추천 모멘트 중 당신의 기억이 떴습니다. 저는 이끌리듯 모멘트를 구매했습니다. 감각 재현을 위한 체험 디바이스 슈트 '리모트 리얼'에 모멘트를 장착했고, 침대에 누워 눈을 감은 채

VR고글이 투영하는 당신의 모멘트 안으로 들어갔어요. 아무런 미련도, 기대도 없이.

쏴아, 잔잔한 바람이 피부를 간질이네요.

당신이 판매 상세 페이지에 적은 대로였습니다. 한때 사랑했던 연인과 손을 잡고 함께 저녁 하늘을 올려다본, 노을 지는 도시의 풍경을 삶의 한구석에 새겨 넣었던, 어느 평범하고도 특별한 날의 기억.

"아아…."

저는 그때 알았습니다. 제가 찾아다니던 모멘트가 바로 당신의 그 순간이었다는 것을요.

천천히, 저는 당신의 기억을 향해 걸어 들어갑니다. 당신의 감각과 감정이 리모트 리얼을 거쳐 내 안으로 들어와요. 저는 당신의 호흡과 심장박동까지 그대로 느낍니다. 지난 12년간 한 번도 느끼지 못했던 설레는 마음을 당신의 모멘트를 통해 체험합니다. 당신의 호흡에 내 숨을 얹고, 당신의 느긋하면서 세찬 심장박동에 내 심장의 움직임을 살포시 포개어봅니다. 언제나 맥없는 호흡, 의욕 잃은 심장을 품고 사는 나는 당신이 한없이 부러워요.

"공원이 꽤 넓어. 한 바퀴 돌려면 한 시간쯤 걸릴 것 같아. 다리 아프지 않겠어?"

노을이 지고 있는 늦은 오후, 당신은 흔쾌히 연인의 손을 잡습니다. 당신과 일치된 내 마음까지 산뜻해집니다. 우리는 천천히 걷습니다. 많은 말을 나누진 않았지만 둘 사이에 흐르는 침묵마저도 편안해요. 투박하게 큰 그의 손이 따듯합니다. 그의 손끝이 당신의 손등을 천천히 어루만집니다. 영원히 놓지 않겠다는 듯 둘의 손에 힘이 들어갑니다. 잠시 생각에 빠진 당신의 걸음이 느려집니다. 당신의 연인이 속도를 맞추며 느긋하게 기다립니다. 잠시 후, 당신은 고개를 들어 연인을 봅니다. 아까부터 당신을 바라보고 있는 상대의 시선을 느낍니다. 둘은 같은 타이밍에 같은 눈매를 하고 웃습니다. 둘의 기억 속에 이 순간이 추억으로 새겨집니다.

어수선하고 칙칙하기만 했던 도시가 언제 이토록 빛나는 풍경을 품고 있었나요? 회색 빌딩 사이를 거침없이 통과하는 푸른 바람을 느낍니다. 쌀쌀하기만 한 도시가 잡초들의 끈질긴 생명력을 따듯하게 품고 있어요. 당신의 차분한 호흡을 경험하며 제 폐부에도 단단한 안정감이 자리 잡습니다. 숨을 들이쉬자 낯선 향기가 온몸에 잔잔하게 차올라요. 당신이 기억하고 있는 풀 냄새, 바람에 섞여 여기 이곳으로 배달된 봄 냄새가 아릿한 옛 기억까지 길어 올립니다. 정확한 장면은 보이지 않지만 당신 기억이 품고 있던 작은 떨림과 다감한 감성, 타인에 대한 신의, 삶에 대한 결의가 내 안에서 세차게 흐릅니다.

어째서 그 모멘트가 제게 그렇게 큰 울림을 주었는지 정확히 잘 모르겠습니다. 그때 저는 아무런 감정을 느끼지 못한 채 중증 우울증에 잠겨 있었어요. 그런 저한테 그 풍경이 꼭 필요했던 것 같아요. 당신과 저의 감각과 감정의 파장이 어떤 지점에서 일치했던 걸까요. 저는 리모트 리얼 안에서 편안했습니다. 서른이 넘도록 한 번도 느끼지 못했던 편안함이었어요.

제 얘길 조금 해도 될까요? 지루할지도 몰라요. 뻔하고 재미없는 얘기여도 조금만 읽어주세요.

10대 후반부터 30대 초반까지, 제 삶에 한순간도 욕심내지 않고 살아왔어요. 엄마가 오랫동안 치매로 투병하다 고통 속에서 세상을 뜬 작년 이맘때까지 12년 동안이었지요. 정가린이라는 사람의 인생은 아무 의미도 없었습니다. 엄마의 손발이라는 의무만 있었기 때문입니다. 오로지 치료비만 생각하며 돈을 벌었고 출퇴근 시간 이외엔 병원과 집에만 머물면서 엄마를 간호했지요.

"그만 죽고 싶다."

엄마는 어떻게든 살고 싶다는 강렬한 욕망을 이렇게 반어법으로 표현했어요.

"죽긴 왜 죽어. 살아서 부귀영화를 누려야지."

저는 이렇게 반어법으로 답하며 엄마와 이별할 날만을 묵묵히 기다렸습니다.

치매 말기, 엄마는 나를 알아보지 못하고 이렇게 외쳤습니다.

"남의 집 일에 신경 끄고 꺼져요!"

누군가에게 쏘아붙이던 엄마의 목소리가 시간을 훌쩍 뛰어넘어 내게로 찾아왔습니다. 엄마는 어린 언니와 나를 붙잡고 있었습니다. 서른이 넘어서 다시 듣게 될 줄 몰랐어요. 저는 조용히 한숨을 쉬었습니다.

엄마는 자기 인생에 미숙한 사람이었습니다. 간단히 양육을 방기하는 젊은 어머니가 언니와 저의 법적 보호자였습니다. 철없는 엄마에게 생명력 짧은 연인이 생길 때마다 우리에겐 홀어머니조차 부재했죠. 먹을 것이 하나도 없는 더러운 방에서 언니와 저는 엄마를 기다리다 지쳐 잠들었어요. 겨울이면 밖에서 신발을 신고 있을 때보다 발이 시려웠던 안방, 머리끝까지 뒤집어써도 온기를 오래 머금지 못하고 무겁기만 했던 축축하고 더러운 이불, 기름때가 잔뜩 낀 가스레인지 위로 빗물이 떨어지던 작은 부엌, 어린 자매는 집 안에서 길을 잃은 것처럼 보호자 없이 헤맸습니다. 동네 아이들은 우리를 볼 때마다 코를 막고 얼굴을 찡그렸습니다. 나는 언니의 뒤통수에 가만히 코를 가져다 댔지만 영문을 몰랐어요. 아무 냄새도 나지 않았거든요. 저는 제 코가 고장 난 줄 알았답니다. 어느 날 한 이웃이 찡그린 표정으로 우리집을 들여다봤는데 엄마가 외쳤어요.

"남의 집 일에 신경 끄고 꺼져요!"

언니와 저는 알았어요. 그건 우리를 지키려는 말이 아니라 엄마 자신을 지키려는 말임을. 현관 밖 사람들에게 이끌려 다른 곳으로 가고 싶었어요. 엄마가 억세게 우리 어깨를 붙잡고 있는 바람에 언니와 저는 배를 곯으며 방에 계속 남아야 했죠. 자기 딸들을 돌보는 것보다 딸들이 자신을 돌봐야 한다고 생각하는 엄마를 보면 모성의 형태는 사람마다 다르다는 생각이 들어요.

많은 것을 잊어가던 엄마가 당시의 순간을 골라내 절망을 소환했습니다. 저는 모르는 척 말했습니다.

"언제 적 얘기야?"

그러면 엄마가 날카롭게 말했습니다.

"우리 애들은 잘 지내고 있어요. 걱정하지 마요."

자기의 업보마저 잊은 불완전한 반쪽짜리 인생. 저는 그런 인생을 옆에서 보는 것만으로도 허탈했어요. 당신 애들이 정말 잘 지내고 있느냐고 멱살을 잡고 싶은 마음을 억눌렀습니다. 멋대로 다 잊은 사람에게 무얼 더 바라나요. 엄마의 비겁한 인생이

고스란히 내 것 같았어요. 저는 그 인생에서 나온 더 불완전한 인생이었으니까요. 엄마와 저는 불행의 공동 채무자였어요.

엄마는 그 후에도 종종 되돌려봐야 상처만 소환되는 비루한 과거로 시간여행을 했습니다. 그때마다 저는 속으로 말했죠.

'내가 원해서 엄마 딸로 태어난 게 아니야.'

그렇게 제 삶의 의미까지 덩달아 부정하는 순간, 제 삶에 말할 수 없는 미안함을 느꼈어요. 애써 잊으려 노력해왔는데 엄마의 치매로 또렷이 확인하고 말았습니다. 엄마를 견디지 못하는 만큼, 제 삶을 견딜 수 없다는 사실을요.

의식을 조금이나마 되찾으면 엄마는 미친 듯 날뛰며 자신의 삶을 저주했어요. 그때마다 저도 곁에서 같은 저주를 받아야 했죠. 12년 동안 엄마와 함께 살던 방 천장엔 위층 화장실에서 새는 정체 모를 끈적이는 액체가 고여 있다 떨어지곤 했어요. 사람들이 버리는 수많은 생활 하수 아래에 우리 삶이 초라하게 자리 잡고 있었죠. 그 방에서 저는 엄마 삶의 온갖 오물까지 받아냈어요. 엄마의 기저귀를 일부러 며칠 갈지 않았어요. 짓물러 욕창이 심해지길 바랐죠. 그러다 자책하곤 울면서 엄마의 대소변을 닦았어요.

엄마와 나는 암호 같기만 한 생의 의미를 해독하지 못한 채 인생의 구석에 매달려 있었습니다. 보험중개사는 엄마의 보험 가입 시기와 질병 인지 시점에 대해 관심을 보였을 뿐, 우리 삶의 조건이나 감정까지 들여다보는 사람은 없었죠. 드라마가 되기엔 너무 시시하고 뻔한 불행이었나 봐요.

엄마가 잠든 방에 들어가 가만히 엄마를 내려다보다 나오는 밤이 늘어갔습니다. 검푸른 어둠을 응시하며, 엄마가 죽든지 제가 죽어야 엔딩 크레딧이 올라가겠다고 생각했어요.

무책임한 엄마에게 복수하고 싶은 마음이었을까요. 저는 끝까지 엄마 곁을 떠나지 않았습니다. 그건 미워하는 사람의 마지막을 지켜보겠다는 악의적인 결심이었습니다. 아름다운 것은 점점 꼴도 보기 싫어졌습니다. 자기 책임을 잊은 염치없는 세상이 당장 몰락하기를 기도했습니다. 당신이 망쳐버린 세상은 여기서 끝나야 해. 저는 세상의 끝을 고대하는 광신도처럼 살았습니다.

엄마가 세상을 뜬 이후, 상황은 더 나빠졌습니다. 솔직히 간병을 시작했을 땐 엄마가 곧 떠날 것으로 생각했어요. 엄마가 떠나면 삶이 조금은 자유로워질 거라 기대했지요. 하지만 그 마음이 무색하게도 엄마가 떠나자 더 큰 무력감이 찾아오더군요. 꿈속에서도 엄마와 지냈던 순간에 머물렀습니다. 고통스러운 기억을 강박적으로 떠올리며 한 걸음도 나아가지 못하는 제 자신이 참으로 한심했습니다. 눈을 감고 무조건 달려왔지만 엄마의 죽음으로 걸음을 멈추자 그동안 보이지 않았던 것들이 얼굴빛을 드러내기 시작했습니다. 엄마의 치료비는 전부 제 빚으로 남았습니다. 앞으로 남은 인생도 엄마의 빚을 갚다 끝날 것이라는 차가운 선고를 마주했습니다.

하나밖에 없는 혈육인 언니는 그동안 최소한의 돈만 보낼 뿐 우리를 모른 척하며 살았어요. 학업과 아르바이트로 힘들었던 언니도 최선을 다했다고 생각해요. 하지만 차라리 언니가 영영 나타나지 않았다면 분한 마음이 반절쯤 줄었을지도 몰라요. 남일처럼 멀거니 떨어져 살다 장례식장에 와서 눈물을 쏟는 언니를 보니 기가 차더군요. 저는 싸늘하게 언니를 바라봤지요. 언니는 도대체 어떤 심정이었을까요. 엄마가 불쌍해서 울고 있는 걸까요. 자식 도리를 못 해서 우는 걸까요. 언니가 상주로 조문객을 맞이했습니다. 투병 상황을 잘 모르는 듯한 조문객들이 언니에게 고생이 많았다고 의례적으로 이야기하며 위로를 주고받는 것을 저는 건조한 마음으로 듣고만 있었습니다. 찾아온 사람이나 상주인 언니나 엄마를 잘 모르는 사람들이란 생각에 고개를 절레절레 저었습니다. 연극적인 이 상황 속에서 언니는 구경꾼 같았어요.

장례식이 다 끝나고 언니가 말했습니다.

"이제 네 삶을 살아."

'비겁한 년.'

그 말을 내뱉었는지 기억이 가물가물하네요. 하지만 제 눈은 똑똑히 그렇게 말하고 있었을 거예요.

언니는 그사이 자기 학업을 마쳤고 장례식 직후 결혼도 했습니다. 언니는 평범한 삶으로 나아갔어요. 혼자서만 말이죠. 부러웠어요. 엄마가 돌아오지 않는 방 안에 우리는 똑같이 버려졌는데 언니와 나는 어쩜 이렇게 다른 삶을 살고 있을까요? 왜 내 삶만 비참해진 걸까요?

언니는 장학금을 받고 기숙사가 있는 고등학교로 입학하면서 일찌감치 독립했어요. 새 교복을 입고 집을 떠나는 언니의 뒷모습을 아직도 기억해요. 언니가 사라져간 골목길에서 하염없이 서 있었던 시간도요. 저는 그때 겨우 초등학생이었어요.

"주말마다 올게."

주말마다 언니를 기다렸어요. 이런저런 핑계로 언니가 오지 않는 날이 늘어갔습니다. 언니의 약속이 처음부터 거짓말이었다는 걸 깨달은 날, 저는 언니의 책과 옷가지, 신발을 전부 다 내다 버렸어요.

언니가 당부하지 않더라도, 저도 제 삶을 찾고 싶었어요. 하지만 어떻게 시작해야 할지 몰랐습니다. 돈을 벌어봤자 빚이 미래를 발목 잡을 텐데, 어찌해야 할지 막막했습니다.

그 후 가끔 상점이나 음식점에서 아르바이트로 일했지만, 오래 버티지 못했습니다. 엄마를 간병했던 경험을 살려 간병인을 직업으로 삼을까, 고민해본 적도 있었지만 포기했어요. 견딜 수 없는 고통을 겪는 환자라면 차라리 죽이는 편이 그들을 위한 길이 아닐까. 침착하게 상상하는 저를 보고 흠칫 놀랐습니다. 부도덕한 마음을 품고 간병인을 직업으로 삼을 순 없었습니다. 무언가 해보려 시도했지만 마음을 사로잡는 순간을 만나지 못했어요. 티브이도 보지 않았고 책도 읽을 수 없었어요.

세상은 제게 엄마만큼이나 무책임해 보였습니다. 엄마가 죽고 난 뒤 옆집 아주머니가 위로한다고 찾아와 종교를 권할 땐 정말이지 한숨이 나더군요. 밥 한 끼 먹자고 연락해준 지인이 다단계 가입을 제안하자 화를 내고 말았어요. 연락도 뜸하던 친구가 보낸 모바일 청첩장을 보곤 연락처를 삭제해버렸지요. 어쩜 하나같이 다들 무심하고 무정한지. 술에 취해 비틀거렸던 어느 밤, 제 뒤를 따라오는 그림자를 느끼고 파출소로 달려갔던 날엔 집에 돌아와 한참 울었습니다. 약하고 상처 입은 사람이 이용당하기 쉬운 세상. 엄마만큼이나 사람들이 하나같이 모두 무례하고 난폭해 견딜 수가 없었어요. 거리에서 스쳐 지나가는 사람들 모두에게 환멸을 느꼈습니다. 저는 결국 골방에 처박혔습니다.

증오는 제 전부가 되었습니다. 엄마의 1주기가 돌아옵니다. 벌써 1년이 흘렀네요. 시간은 아무런 약이 되지 못했습니다.

바보 같다고, 불쌍하다고, 너무 비틀렸다고 저를 동정한다는 듯이 보지 마세요. 심리 상담사들도 자주 그런 표정을 짓더군요. 누구에게도 이해받을 수 없다는 걸 느낄 때마다, 내 자신을 내팽개치고 싶어져요.

저는 무력하게 골방 안에 머물렀습니다. 과연 이 방을 나갈 힘이 내 안에서 싹틀지 기다리고 있었습니다. 아니라면 이대로 사라지는 것도 방법이겠죠. 지금이라도 죽어버리는 게 가장 경제적이라는 유혹이 머릿속을 맴돌고 있어요. 어느 쪽이든 월세가 석 달 밀린 이 방에서 끌려나가기 전에 빨리 결정을 내려야 했어요. 사라지는 것이 가장 현실적인 선택이라 생각했습니다.

그즈음 국립 디지털 헬스케어에서 배정한 인터넷 주치의가 저에게 모멘트 아케이드를 추천했습니다. 체험 장비도 보내주었어요. 광고를 보면 대여비도 무료더군요. 저는 각종 약 광고, 보험 광고를 심드렁하게 본 뒤 바로 모멘트를 실행했습니다. 요즘 기기들은 다 광고비로 개발되나 봐요. 주치의는 제게 긍정적인 모멘트를 선택하라고 조언했습니다.

아케이드 안을 줄곧 배회했어요. 결국, 그사이 셋방에서는 끌려나갔고, 장소만 바뀐 채 다시 아케이드를 헤매게 됐는데 그때 당신 모멘트를 마주한 거예요. 오랫동안 찾아 헤매던 순간을 만난 것 같았습니다. 괴로운 일, 슬픈 일, 걱정되는 일이 매 순간 이어지는 건 삶의 당연지사. 그 와중에 아주 잠깐만이라도 숨통이 트이는 순간을 맞이할 수만 있다면, 다시 또 살아갈 수 있을 거야. 당신의 감각을 통해 불안을 물리친 후 상쾌함을 느끼며 저도 고개를 끄덕입니다. 지하철 광고판, 공중화장실 문에 붙은 명언 같은, 어디서나 볼 수 있는 메시지였습니다. 평소라면 무감동하게 스쳐 지나갔을 평범한 깨달음이 리모트 리얼을 통해 제 심장 위에 겹쳤습니다. 그 순간, 제 마음은 강렬하게 요동쳤어요.

'살아야겠다.'

깍지 낀 그의 손에서 상대를 놓지 않겠다는 결심이 전해집니다. 소소한 거룩함이 보통의 순간 속에서 선언되는 걸 목격합니다. 이상한 일이죠. 겨우 그 한 시간의 산책을 대리 경험하고 싸늘하게 굳었던 마음이 무너졌어요. 사소하지만 숭고한 순간. 이런 귀중한 마음을 생애 단 한 번도 경험하지 못한 채 죽을 순 없어. 조난자가 됐으면서 왜 한 번도 구해달라고 악을 쓸 생각을 하지 않았니. 리모트 리얼을 통해 느껴진 그의 온기가 독려합니다. 엄마 장례식 때에도 터지지 않았던 눈물이 쏟아졌습니다.

힘주어 누군가와 손을 맞잡고 난 뒤에야 깨달았어요.

'내 삶은 보상받아야 해.'

미지근한 가상의 자극이었지만 당신과 연인이 품은 따스함은 지금 제게 가장 필요한 것이었나 봅니다. 동시에 의아했습니다. 이렇게나 사소한 순간이 생의 의지를 줄 수 있다니. 그동안엔 왜 못 만났을까? 당신의 평범한 경험이 왜 이렇게까지 큰 울림으로 다가온 걸까?

남은 문제는 제게 가족도, 친구도, 연인도, 직업도, 돈도, 미래도 없어서 숨통을 틔워줄 순간이 없다는 것이었습니다.

도대체 누가 내 12년을 보상해주지?

저는 모멘트 아케이드에서 당신에게 연락했습니다. 당신의 기억을 추가로 사고 싶다고 개별 메시지를 보냈지요.

― 산책 기억을 구매했던 사람입니다. 당신 연인과의 추억을 조금 더 판매해줄 수 있나요?

당신은 기꺼이 기억을 나눠주었습니다. 저는 당신과 연인이 나눈 아름다운 시간을 조금 더 대리 체험했습니다. 비좁은 거실에서 함께 밥을 먹고, 낡은 소파에 기대어 앉아 함께 영화를 보고, 하루에 있었던 크고 작은 감정들을 나눕니다. 극히 평범한 인생의 단편들입니다. 서로의 선호와 습관을 이해하고, 어떤 건 이해되지 않아도 인정합니다. 때로는 서로가 완벽하게 이해받지 못한다는 사실에 사랑을 의심하기도 하죠. 하지만 서로의 불완전한 삶을 받아들이는 당신과 당신의 연인을 보며 저는 사랑을 배웁니다. 작은 표현 하나에 발끈해서 언쟁하다가 화해하는 방식도 배워나갑니다.

당신과 당신 연인이 아주 착하고 성실한 사람이란 걸 느낍니다. 소박한 욕망과 강렬한 신념이 공존합니다. 때로 자신들의 신념을 기대만큼 일상에서 구체화하지 못한다는 내적인 반성도 읽을 수 있습니다. 당신이 불안할 때, 당신의 연인은 흔들리지 않습니다. 연인이 우울해 보일 때, 당신의 긍정적인 에너지가 의기소침한 연인을 일으킵니다. 연인이 자신의 경험을 토로할 때, 당신은 연인보다 더 흥분하기도 합니다. 신뢰가 전제된 둘의 시간이 차곡차곡 견고히 쌓여갑니다. 이렇게 작은 순간들이 모여 서로가 상대방의 삶의 근사한 배경이 된다는 것을 깨닫습니다. 내가 존재함으로써 상대방 삶이 더욱 소중해지길 꿈꾸면서요.

당신이 부러워요. 저도 이런 결속을 느끼고 싶었어요. 혼자가 아니라는 것을 확인하는 정서적 라이프 라인. 사랑하는 사람과 함께 걷는 길은 사람들이 함께 사는 도심으로도 이어주지만, 사람들 사이에서 지쳤을 땐 오솔길이 되어 쉼터로도 이어주죠. 제게도 그런 관계가 생길까요?

당신의 눈과 감각을 통해 들여다본 탓일까요. 저는 당신의 연인을 직접 만나보고 싶다는 강렬한 욕망에 휩싸였습니다. 당신의 마음을 공유하면서 그를 사랑하게 되었어요. 근데 왜 당신은 이토록 아름다운 기억을 판매했을까요? 두 사람은 헤어진 걸까요?

한없이 다정한 당신 연인의 눈빛을 직접 보고 싶었어요.

'나를 구원해줄지도 몰라.'

막무가내로 기대를 품게 되었어요. 물론 만난다고 해도 당신의 연인이 저를 사랑하진 않겠죠. 저는 당신이 아니니까. 그래도 당신의 연인은 당신만이 아니라 주변 사람들에게도 다정한 사람이니, 제게도 그런 눈빛을 보여줄지도 모르잖아요? 실은 뭐든 상관없었던 걸지도 모르겠어요. 죽을 순간만을 기다리던 저였으니까, 그저 세상 밖으로 한 발자국 내디딜 계기가 필요한 것뿐일지도 몰라요. 그저 강렬하고 간절하게 당신의 연인을 만나러 가고 싶었어요.

저는 지금껏 지나온 삶을 메시지로 적어 당신에게 보냈습니다. 이상하게 들리겠지만, 혹시 헤어진 거라면 당신의 옛 연인을 제가 만나봐도 되겠냐고 물었어요. 그저 얼굴을 한 번 보고 싶을 뿐이라고요. 프라이버시 문제가 있다는 걸 알지만 잠깐 스쳐 지나가는 식이어도 어떻게 안되겠느냐고요. 두려워하며 며칠을 고심해서 썼던 메일이 무색하게도 당신의 답은 간결한 예스였어요. 당신은 흔쾌히 아무런 문제가 안 된다고 말했고, 심지어 옛 연인을 직접 만날 방법까지 알려주었지요.

금세, 당신이 왜 그렇게 간단히 제게 연락처를 알려줬는지 알게 됐지요. 이제 저의 연인이 된, 당신의 전 연인을 저는 쉽게 만났습니다. 걱정할 필요도 없었어요. 우린 만나자마자 손을 잡았고 함께 산책을 시작했습니다. 당신의 답장을 받은 뒤 고작 10분 뒤의 일이었어요.

"가린 씨, 공원이 꽤 넓어요. 한 바퀴 돌려면 한 시간쯤 걸릴 것 같아요. 다리 아프지 않겠어요?"

저는 곧장 연인의 손을 잡았습니다.

당신이 알려준 연인은 가상공간 속, 가상 존재였어요. 당신의 안내대로, 서울과 겉모습뿐만 아니라 별다른 감흥을 주지 않는다는 점까지 똑 닮은 가상 도시 소울로 입장했어요. 소울의 존재는 알았지만 접속해본 건 이번이 처음이었죠. 일상을 가지런히 정돈하기도 힘든데 가상 도시 속에서 생활을 꾸려나가는 일은 성가시다고 생각했거든요. 풍경과 아바타는 몇 년 전에 봤던 3D 영화가 아주 촌스럽게 느껴질 정도로 놀라웠어요. 가상공간을 체험한 당신의 모멘트를 보고 저는 의심 없이 실제로 존재하는 장소라고, 당신의 연인이 실제 연인이라고 느꼈으니까요.

저는 당신과 연인이 걸었던 그 공원 이름을 데이트 장소로 설정했어요. 당신이 선택했던 것과 똑같은 타입의 아바타를 선택했고 한 시간의 공원 산책이라는 액션을 입력했습니다. 반말은 싫으니 경어를 써달라고 세세하게 옵션도 지정했죠. 그 뒤 우린 함께 걸었어요. 세심하게 재현된 공간과 리모트 리얼을 통해 피부로 느껴지는 감각이 실감났어요. 기술은 하루가 다르게 성큼성큼 앞으로 나아가나 봐요. 저는 한 발자국도 나아가지 못할 뿐더러 하염없이 뒷걸음질 치고 있는데 말이죠.

연인 아바타는 더할 나위 없이 친절하고 사랑스러웠습니다. 아낌없이 사랑의 말을 속삭였습니다. 제가 원했던 대로 저에 대한 긍정적인 표현과 칭찬을 아끼지 않았고, 약간의 꾸중도 덧붙였지요. 하지만 끝내 용기를 북돋아주는 신중한 표현을 피력했죠. 제가 입력한 요청사항대로였어요. 사전에 입력한 것과 똑같은 단어나 문장은 아니었지만, 최대한 내 의도를 파악하고 재구성해 달콤하고 성의 있는 말을 쏟아냈습니다. 음성 합성 악센트까지 성실하고 다정하게 들려 완벽했습니다.

"가린 씨가 얼마나 고생했는지 알아요. 그건 아무나 할 수 있는 일이 아니었어요. 당신이 정말 대견해요. 당신의 삶은 보상받아 마땅해요."

영화 자막을 떠올리게 하는 번역 투의 말투가 거슬렸지만 저는 잠자코 그의 찬사를 들었습니다. 누군가에게 꼭 한 번은 듣고 싶었던 말이었습니다. 이렇게 감흥 없이 들릴 줄은 몰랐지만요.

"하지만 이대로 계속 슬픔에 잠겨 있는 건 인생의 낭비예요. 당신이 좀 더 적극적으로 세상으로 뛰어들면 좋겠어요. 몸을 조금 더 움직여봐요. 친구를 더 만나고 여행을 다녀봐요. 그럼 의욕이 생길 거예요."

그의 진단과 조언은 진부했어요. 국립 디지털 헬스케어 주치의가 늘 말하는 패턴이었지요. 아케이드 입구에서 매일 보는 빅데이터 결과치를 보고 있는 것 같았어요. 듣고 있자니 약간 부아가 치밀어 오르더군요. 안 해본 게 아니었으니까요. 심지어 아바타에게 훈계를 듣는다고 생각하니 그건 두 배로 불쾌하더군요. 저는 한숨을 쉬곤 가볍게 항변했어요.

"저도 알아요. 하지만 제겐 친구가 없어요. 친구를 만들고 여행을 다녀보라고요? 그게 그렇게 쉬우면 제가 왜 상담 따위를 받고 있겠어요? 왜 여기서 이러고 있을까요? 엄마가 투병 초기였을 때, 친구와 만나는 건 제겐 또 다른 지옥이었어요. 친구의 가족이 건강한 것만으로 우리 사이엔 서로 이해할 수 없는 깊은 골이 있다고 생각했어요. 어떤 상대를 만나도 우리에겐 공유할 수 없는 완벽한 두 세계가 있었어요. 환자를 수년, 수십 년에 걸

처 간병한 사람들끼리 만나도 마찬가지일걸요. 우리 엄만 정말 지랄 맞았거든요. 사람 수만큼 고통의 형태도 다양해요."

속마음을 쏟아붓다 보니 울분과 분노가 제어되지 않았어요. 상대가 아바타라고 생각하니 점점 제어할 필요도 느껴지지 않더군요.

"난 결국 아무와도 친구가 될 수 없다고! 네가 뭘 알아, 씨발!"

아바타가 부드러운 표정을 보이다가 잠시 움직임을 멈췄습니다. 그러자 산책길 화면 위로 옵션 대화창이 떠올랐어요.

당신의 연인이 어떻게 반응하길 원하나요?
1. 좀 더 강하게 질책할 것
2. 따듯하게 위로해줄 것
3. 자유 입력

저는 그 대화창을 노려보다 산책을 강제 종료했어요. 어떤 것을 선택해도, 연인 아바타가 어떤 말로 날 질책해도, 혹은 따듯하게 위로해도 화가 날 게 뻔했습니다. 제 마음은 제가 잘 알아요. 그 누구도, 그 어떤 상황도, 심지어 저조차도 저를 구원할 수 없다고 확인사살 당했을 뿐이었습니다. 결국, 아무도 내 삶을 보상할 수 없었어요. 다시 조난당한 기분이었습니다.

리모트 리얼을 통해 소울에서 체험할 수 있는 옵션은 몇 가지 더 있었어요. 연인과 가상 결혼을 체험할 수도 있고, 서버를 경유해 다른 도시로 여행을 가거나 섹스를 대리 체험할 수도 있었죠. 육아를 경험할 수도 있었고요. 저는 액션 리스트를 노려보다 허탈한 마음으로 시스템을 종료했습니다. 감은 눈꺼풀 안으로 죽음처럼 독한 고독이 찾아왔습니다.

아바타에게 도대체 뭘 기대한 건지! 울분의 화살은 다시 저 자신을 향했어요.

당신에 대한 의문이 일었습니다. 이런 뻔한 시뮬레이션, 괄목할 기술력 이외엔 아무런 감흥을 느낄 수 없는 가상공간 속에서 어떻게 당신은 그렇게 긍정적인 에너지를 꽃피울 수 있었나요? 똑같은 백그라운드를 세팅했는데? 도중에 접속을 끊어버릴 정도로 제게는 불쾌함만 남겼던 그 순간, 당신은 힘찬 심장박동과 함께 주변의 모든 에너지를 자신의 것으로 만들어냈습니다. 그게 어떻게 가능하지요? 모든 걸 긍정적으로 바꾸어낼 내적 에너지, 내겐 손톱만큼도 남아 있지 않은 그 힘을 당신은 어쩌면 그렇게도 완벽한 형태로 품고 있나요? 이상하기만 합니다.

당신도 혹시 블랙 모멘트를 경험해본 적이 있나요? 당신 같은 사람은 블랙 모멘트를 접하고도 아름다운 해석을 추출해낼 수 있나요?

아시다시피 모멘트 아케이드 암시장엔 살인자의 모멘트를 파는 블랙 모멘터들이 많아요. 가상 살인 경험이 성황리에 거래되고 있지요. 거래 자체는 플랫폼 바깥 암시장에서 성사되긴 했지만 아주 고가에 팔리고 있었고 맛보기 영상은 간단하게 얻을 수 있었어요. 범죄 현장에 가상이라는 이름을 붙여 법망을 교묘하게 피해 갔죠. 실제 모멘트인 건지, 아님 소울에서 가상으로 아바타를 죽이는 건지는 잘 모르겠어요. 리모트 리얼을 통해선 구분이 전혀 안 되니까요. 실제 살인율을 낮추었다는 소문도 있던데 정확한 분석인지는 모르겠습니다. 오히려 살인 예행연습으로 활용될 수도 있잖아요. 판매 호조에 힘입어 최근 암시장에서 거래되는 범죄형 블랙 모멘트는 패턴이 다양해지고 있다지요.

고백하자면 딱 한 번 저도 블랙 모멘트를 체험한 적이 있습니다. 머리 꼭대기까지 늪에 파묻힌 것처럼 숨 쉴 수조차 없는데 뭐든 어때? 내가 맛보고 있는 절망보다 훨씬 더 깊고 어두운 파멸을 대리 체험한다면 그나마 내 삶이 낫다고 여기게 되지 않을까? 그런 기대가 호기심을 정당화시켜주었죠. 암시장 카탈로그를 둘러보다 그나마 소프트하다는 살인 모멘트를 구매했어요.

알코올중독자이면서 마약·도박중독자인 살인자의 기억이었어요. 피해자의 얼굴은 흐릿하게 처리되어 있었고 판매 설명란엔 다행히 피해자도 세상에서 제일 악질인 살인자였다는 설명이 곁들여 있어 죄책감을 조금은 덜어주더군요.

영상은 짧았어요. 접속하자마자 쌍방 폭행이 시작되었어요. 통증과 유사한 감각이 뇌로 흘러들어 오자 저 역시 격한 감정이 치밀어 올랐어요. 영상 초반에 한두 대 맞은 것보다 훨씬 강렬하고 우세한 힘이 여러 가지 강도와 방식으로 상대방의 뭉개진 얼굴 위에 가해졌습니다. 저와 연결된 살인자가 테이블 위의 칼을 집어 들었습니다. 칼을 쥔 손을 높이 들자 터질 듯 심장이 뛰었습니다. 그건 살인자의 것이 아니라 제 심장박동이었습니다. 다음 순간을 기대하는 흉악한 마음이었어요. 피해자의 심장을 향해 섬뜩한 칼이 수직으로 내리꽂히려는 순간, 저는 허둥지둥 영상을 껐어요. 0.1초였을까요? 찰나의 순간, 세상에서 가장 역겨운 감각이 손끝으로 뭉텅 전해 왔어요.

그건 정말 구역질나는 경험이었어요. 내 삶이 그나마 낫다고 여기기는커녕 모든 인간이 벌레만도 못하다는 생각으로 치닫더군요. 누군가는 그 경험을 반대급부 삼아 살아갈 힘을 얻었을지도 모르겠어요. 하지만 저는 아니었어요. 그날 이후 암거래에는 손을 뻗지 않았습니다.

당신이라면 부패한 오물로 진주를 빚어낼 수 있나요?

저는 당신에게 한 번 더 긴 메시지를 보냈습니다.

— 알려주세요. 어떻게 해야 그토록 뻔하고 무감동한 시뮬레이션 속에

서 당신처럼 삶을 살아낼 긍정적인 에너지를 느낄 수 있나요? 저도 가능할까요?

의외의 대답이 돌아왔어요. 당신은 친절했지만 제가 응용해보기엔 어려운 이야기를 들려주었습니다.

— 제가 당신에게 판매한 모멘트는 똑같은 순간을 수십 번, 때론 수백 번 경험한 이후에 길어낸 가장 아름다운 순간이랍니다. 당신에게 판매하기 전, 저는 같은 순간을 수십 번 반복했어요.

당신은 같은 경험을 여러 번 반복하면서 지나간 순간에 느끼지 못한 감정과 감각을 찾아냈다고 이야기했습니다. 각종 희로애락, 소소한 감정들의 경계에 존재하는 수많은 경우의 수를 다 반복해보고 그중에서 가장 아름다운 순간을 찾아냈다고요. 아름다운 모멘트는 때로는 첫 번째 순간에 찾아오기도 했고, 수십 번의 시행착오를 겪은 뒤 찾아오기도 했대요. 어느 순간 갑자기 찾아오기도 했답니다.

의아했습니다. 어떻게 그렇게 할 수 있지? 당신은 시간이 많나 봐요.

놀라운 이야기였지만, 차마 당신처럼 할 수는 없었습니다. 같은 경험을 반복하면서 새로운 마음을 찾아보라고요? 소울에서라도 싫어요. 심지어 엄마와 함께했던 고통스러운 모멘트를 다시 한 번 실행하면서 다른 감정을 내 안에서 찾아본다고 생각하니 끔찍합니다. 그건 고문당하다 죽으란 얘기랑 같아요.

그러자 당신이 제게 제안했어요.

— 당신과 같은 일을 겪었던 누군가의 모멘트를 체험해보세요. 같은 공간에서 같은 시간을 보냈을 지라도, 누군가는 당신과 다르게 빚어낼 수도 있어요. 그 차이를 알게 된다면, 도움이 될지도 몰라요.

저는 당신의 조언을 받아들였고 오랜 시간 고민한 뒤 언니에게 연락했어요. 언니의 전화번호도 잊고 있었지만, 다행히 언니가 제 모멘트 아케이드 계정을 팔로우한 덕분에 메시지를 보낼 수 있었습니다. 요즘 다른 사람의 모멘트를 대리 체험 중이라는 근황을 알렸고 언니의 모멘트를 체험하고 싶다고 말했어요. 언니는 오랜 시간 고민했고 그동안 고이 저장해온 12년의 기억을 제게 복제해서 넘겨주었습니다. 극히 사적인 부분은 잘라냈지만 거의 모든 시간이었어요. 저는 그 시간을 빠른 속도로 재생했고 나와 관련된 부분은 정상 속도로 재생시키면서 언니의 삶과 중첩되는 내 삶을 찾았습니다. 언니의 눈으로 우리가 함께 통과해온 모멘트를 지켜보는 데에 한 달 남짓 시간을 썼습니다.

언니의 모멘트는 지루하더군요. 책과 씨름하는 게 일과였어요. 만나는 사람도 대부분 연구하던 자료를 위한 케이스 스터디더군요. 어떻게 저렇게 재미없는 일상을 한결같이 담담히 이어

갈 수 있는지. 언니도 참 대단한 사람이라는 걸 그때 처음 알았어요. 음울했던 유년 시절, 제 심장은 고장이 나고 말았는데 언니는 어떤 일에도 좌우되지 않는 잔잔하고 단단한 심장을 얻었나 봐요.

엄마의 병색이 심각해지던 시절, 언니는 우는 날이 많아졌어요. 학업을 중단했고 쉼 없이 일하며 엄마에게 돈을 보냈어요. 저는 언니의 피로와 고뇌에 간단하게 설득되지 않으려 심장을 부여잡고 버텼습니다.

언니는 스마트폰 메시지 창을 켜고 한참 들여다보았습니다. 전부 언니가 저에게 보냈던 안부 인사였어요. 메시지는 언제까지고 읽음 표시로 바뀌지 않았습니다.

1 밥은 잘 챙겨 먹고 있니?

1 네가 걱정이야.

1 엄마를 돌봐줘서 고마워.

답이 되돌아오지 않는 화면 하단에 언니는 메시지를 하나 더 보냈습니다.

1 미안해.

언니의 답답한 마음이 제 호흡 위에 겹쳤어요. 지켜보는 제 심정은 복잡했습니다. 언니는 자기만의 방식을 통해 엄마와 나를 위해 헌신하겠다는 결심을 일기에 적어 넣습니다. 언니의 의지가 꼿꼿합니다. 매일 책상 앞에 앉는 언니의 단호한 다짐 위에 엄마와 나의 삶이 오버랩됩니다. 언니의 모멘트를 통해 알게 됐어요. 엄격한 의지도 사랑의 또 다른 형태라는 걸. 언니의 다짐이 제 심장에도 새겨집니다.

얼마 후, 언니가 엄마 장례식장에 들어섰습니다. 제 마음이 떨리기 시작했습니다.

입관 직전, 언니는 엄마의 짧은 생을 연민하며 엄마의 차가운 몸을 끌어안았습니다. 눈물이 왈칵 쏟아졌지만 금방 차분한 심장으로 되돌리고 눈물을 거뒀습니다. 호흡을 가다듬고 동생을 바라보았습니다. 언니의 마음을 모르는 제가 싸늘하게 언니를 노려보고 있었습니다.

언니는 제 등을 쓰다듬었어요.

"이제 네 삶을 살아."

"비겁한 년."

언니를 향해 제가 냉소했어요. 언니의 머릿속이 멍해졌어요.

"엄마의 삶이랑 우리의 삶은 달라. 엄마의 불행은 네 불행이 아니야."

일그러진 얼굴을 한 제가 언니를 향해 말했습니다.

"나는 내 삶을 살아본 적이 없어서 어떻게 해야 할지 모르겠거든. 언니는 언니의 삶을 살아. 지금까지 쭉 그래왔듯이."

언니의 심장이 일그러졌습니다. 상처 입은 동생을 안아주려고 다가서는데 동생은 언니의 손을 뿌리치고 떠납니다. 언니는 언젠가 서로 다시 마주할 날을 기약하며 장례식장을 나왔고, 건물 앞에 주저앉아 오열했습니다. 동생에게 하고 싶은 말을 마음속으로만 쏟습니다. 저는 이제야 언니가 하고 싶었던 말을 듣습니다. 시차를 두고 언니의 기억 속에서요.

저와 가장 관련된 언니의 모멘트는 엄마가 돌아가신 이후에도 계속되었습니다. 의외였죠. 장례식 이후에 언니가 저와 연을 끊은 줄 알았거든요.

언니는 회사 생활과 대학원 과정을 병행하며 몇 편의 논문을 만들었어요. 「미주신경 자극과 가상현실을 결합한 무의식 환자 치료 지원」, 「정서 장애 해소에 활용 가능한 모멘트 대리체험자의 경향 분석」, 「본인의 모멘트 반복 재생을 통한 치매 환자 치료 효과 연구」, 「모멘트 아케이드를 활용한 중증 간병 가족 트라우마 치료」 같은 논문에 참여했고 연구 방식은 실제 현장에서도 적용되었습니다. 「의식불명자와 모멘트 대리 체험자 상호작용」 같은 건 무슨 연구인지 잘 이해되지 않았지만요. 간병 가족의 트라우마라면 내 얘긴데? 그런 생각만 들었죠. 언니는 그런 논문들을 써 내려가며 기대감에 두근거렸어요. 그 기대는 무척 따뜻하면서도 슬픈 느낌이었어요. 이름 없는 사람들, 얼굴

모르는 사람들을 돕고 싶다는 마음, 엄마 같은 사람을 끝끝내 연민하고 싶은 마음, 동생처럼 세상에 상처 입고 만 사람을 떠올리는 마음이었어요. 고립된 사람들을 기억하려는 결심이었어요.

언니의 모멘트가 점점 최신 경험으로 나열됩니다. 언니는 요즘 매일 모멘트 아케이드 본사 앞에서 1인 시위를 벌이고 있어요.

"제 동생을 살려주세요."

언니가 울며 호소했어요. 모멘트 아케이드가 자사 서비스에 접속된 일부 유저를 강제 해제하겠다고 선언했대요. 언니는 그걸 반대하고 있었습니다.

언니는 의식불명자에게 모멘트 아케이드 시스템을 연동시키는 치료 방법을 연구했어요. 시스템 이용에 동의한 가족에 한해서 한정판 모멘트 아케이드가 공개되었습니다. 한정판 모멘트 아케이드는 의식불명자들의 뇌에 직접 연결되었죠. 페이지 왼쪽 상단에서 빛나는 베타 버전 아이콘이 아주 익숙했습니다. 제가 당신의 모멘트를 우연히 발견했던 그곳이 바로 베타 버전 모멘트 아케이드. 언니의 연구팀이 개발사에 제안해 세상에 나온 버전이었어요.

"아아…."

언니는 제 삶을 돌려주려고 모멘트 안팎에서 제 이름을 부르고 있었던 거예요.

"자살 시도자의 강제 안락사를 반대합니다. 동생은 모멘트 아케이드 안에서 살아 있어요. 지금 살고 싶다고 소리치고 있어요. 세션 강제 종료를 막아주세요."

언니가 사람들에게 호소합니다.

이제야 기억납니다. 저는 골방에서 수면제를 먹고 죽을 각오를 실행에 옮겼어요. 인터넷에서 그런 말을 봤죠.

– 자살을 시도한 자들이 식물인간이 되었다면 이들을 살리기 위해 국가적 자원을 사용하는 것이 옳은가, 같은 돈으로 빈곤한 가정의 아이들을 지원하는 것이 옳은가?

– 연약한 심장이 모멘트로 상품화되는 시대. 인간의 효율이 점점 더 고도화된다. 무한한 가능성 앞에서 스스로 모든 기회를 닫은 사람을 연명하는 데에 제한된 사회적 자원을 쏟을 수 없다.

저는 그 말에 아주 깊이 동의했습니다. 그래서 수면제를 털어 넣을 수 있었어요. 그리고 의식불명 상태로 석 달 월세가 밀렸던 골방에서 끌려 나와 병원으로 이송되었죠. 병원에서 언니가 장착해준 리모트 리얼로 저는 다시 모멘트 아케이드에 들어섰던 거예요.

제 병상 머리맡에서 언니가 속삭입니다.

"이제 네 삶을 살아."

저는 그 말을 언니가 저와 또다시 거리를 두겠다는 선언이라고 이해했어요. 그래서 홀로 남겨진 뒤 언니를 한층 더 원망했어요. 근데 그건 언니가 제게 남긴 응원의 말이었더군요.

모멘트 안에서 12년을 언니의 눈으로 바라봤기 때문일까요. 언니의 고통을 나도 대리 체험했습니다. 언니의 심장이 고통스럽게 일그러졌을 때, 언니 눈앞에는 상처 입은 제가 서 있었어요. 자신의 가치를 부정하고 세상에 환멸을 느끼는 동생은 언니가 내민 손을 떠밀고 세상에 등을 돌립니다. 의식을 잃고 간신히 생을 연명하게 된 동생. 그런 동생을 바라보는 언니는 참담합니다. 하지만 언니는 결심합니다. 어떻게든 동생을 구해야 한다고요. 구하겠다고요.

저는 아직 침대 위에 조용히 누워 있습니다. 언니가 보호자 침대에 누워 리모트 리얼을 착용합니다. 언니의 아바타가 아케이드 안으로 나를 만나러 와주었네요. 우린 정말 오랜만에 많은 얘기를 나눴어요. 주로 어린 시절 이야기였어요. 어느 춥고 배고팠던 겨울밤, 우리 둘만 있었던 그 방의 기억에 대해. 언니가 그때 그런 말을 했죠.

"누군가 올 거야."

그때 우리에겐 아무도 오지 않았습니다. 저는 아무도 제게 손 내밀지 않은 세상을 원망하기만 했는데, 언니는 타인에게 손 내미는 어른이 되려 노력했더군요.

당신에 대해선 언니에게 이야기를 들었어요. 우연히 당신의 모멘트를 만나기 전, 언니와 당신은 이미 모멘트 아케이드 안에서 여러 가지 시도 중이었다고요.

당신은 의식불명자이지만 엄연한 사회적 인격이며 주체라고. 모멘트 아케이드 안에서 특정 경험을 반복해 체험하는 것을 직업으로 삼고 있는 사람이라고 들었어요.

실제 당신은 모멘터 소개 영상보다 한참 나이가 많다고 하네요. 언니와 연구를 통해 만났던 당신은 벌써 3년 넘게 모멘트 아케이드와 소울을 오가며 일하고 있대요.

"내가 만났던 그 모멘터는 깨어나실 수 있대?"

제 물음에 언니가 이렇게 답했습니다.

"그분들은 이미 깨어 있으셔. 우리와 다른 방식으로, 우리와 다른 시간, 다른 장소에서."

제한된 인생의 답을 찾기 위해 같은 시간을 무한히 반복해서 사는 게 보통 사람으로선 쉬운 일은 아니죠. 그래서 당신 같은 분들이 인간의 모든 모멘트를 대신 체험하고 있대요.

놀라운 이야기였어요. 당신과 같은 '의식 모멘터'들이 꽤 많다는 이야기를 포함해서요. 의식불명자가 다른 의식불명자의 치료를 돕고 있다니, 특별한 시간 속에 살면서 가장 아름다운 모멘트를 추출하고 있는 사람들이라니 우리가 그런 사람들에게 둘러싸여 살고 있다니. 우리가 돌봐야 하는 존재라고, 심지어 누군가는 자원 낭비라고 오만하게 품평했던 존재들이 보이지 않는 곳에서 다른 사람을 돕고 있었다니. 제게도 손을 내밀어주셨다니. 상상도 못 했던 이야기였어요.

100 days dream 모멘터 님.

저는 엊그제부터 소울에서 혼자 산책을 시작했어요.

당신은 오늘도 수만 가지. 수백만 가지 시뮬레이션을 반복하며 저 같은 사람에게 마음의 울림을 줄 순간을 찾아 헤매고 있으신가요. 어떤 말로 감사를 표현해야 할까요. 대량의 데이터를 반복적으로 분석해 유효한 패턴을 도출하는 일, 인간의 처리능력을 뛰어넘는 일은 인공지능이 담당하는 시대가 되었다고 하지요. 평범한 사람은 쉽게 감당하기 어려운 반복적 업무 속에 당신이 있었습니다. 당신처럼 특별한 분이 기계의 일 속에서 인간성을 발휘하는 역할로 참여함으로써 제게 사무치는 모멘트를 전해주셨어요. 그렇지 않았다면 고도화로 포장된 오류, 다수결이라는 이름으로 정당화된 부도덕, 또는 예측 불가능성이라는 난폭함이 제어되지 않을지도 몰라요. 차가운 기술 안에 인간의 뜨거운 피를 돌게 하신 당신께 깊은 존경의 인사를 보냅니다.

당신이 수십 번, 수백 번 반복해서 찾아낸 것 중에 제게 가장 적합한 순간이 눈앞에서 리스트로 펼쳐집니다. 우연인 것처럼, 당신이 제게 손을 내밀어요. 정처없이 헤매느라 저조차 제 선호를 모르는데, 제 행동과 취향을 파악했다며 얼굴을 내미는 추천 알고리즘과 다릅니다. 나를 반드시 구하고 말겠다는 언니의 강한 의지가 반영된 기획이자 제안이었다는 걸 이제는 압니다. 관습적인 얼굴을 하고 있지만, 사람을 살리는 모멘트가 제 심장 위에 겹칩니다. 우리는 매일 우연 같은 기적을 얼마나 심드렁하게 스쳐 지나가고 있는 걸까요.

기술이 제시하는 수많은 경우의 수 중, 당신은 자신의 경험과 판단을 통해 인간의 마음을 울릴 몇 개의 모멘트를 추려내겠지요. 그중에서 저는 또 한두 개를 골라낼 겁니다. 당신의 리스트 중에서 제 마음의 파장에 맞는 순간을 건져내는 선택, 당신의 시선과 제 시선의 초점을 맞추는 일, 제 피부에 전달되는 전기 신호를 제 감각으로 받아들이는 결심만큼은 온전히 제 몫일 거라 믿어요.

"어서 와."

오랜만에 눈을 뜹니다. 눈이 부셔요. 침대 머리맡에서 언니의
목소리가 들립니다.

작가의 말

「연고, 늦게라도 만납시다」와 「니시와세다역 B층」을 집필할
때, 저는 실존하는 분들의 사연과 함께 제가 현장에서 보고 들
은 것들을 주요 뼈대로 삼았습니다. 감사와 존경 그리고 연대의
마음을 담아 작가의 말을 작성했습니다. 이하 내용엔 스포일러
가 포함되어 있다는 말씀을 덧붙입니다.

'유족 DNA 수집'이란 소재는 국방부 유해발굴감식단이 진행
하고 있는 사업에서 아이디어를 차용했습니다. 현재는 감식 대
상이 한국전쟁 희생자로 한정되어 있는데, 기술 개선과 함께 대
상이 확대되길 바라며 집필했습니다.

조선인을 다락에 숨겨주었다는 일본인의 이야기는 재일 동포

정종석鄭宗碩 씨의 실제 사연입니다. 1923년 당시, 사나다 치아키真田千秋 씨가 할머니, 아버지 그리고 숙모를 숨겨줘 정종석 씨의 가족들은 당시 생존할 수 있었습니다. 정종석 씨가 세운 감사의 비석은 도쿄 호센지法泉寺라는 절에 실제로 존재하며, 역사 문제를 고민하는 일본인들이 찾아오곤 합니다.

「연고, 늦게라도 만납시다」에서 자료 화면 설명문에 나오는 오충공 씨는 실제 재일 동포 다큐멘터리 감독님이십니다. 감독님이 평생을 바쳐 작업하셨다는 다큐멘터리 〈감춰진 손톱자국〉을 지역 상영회에서 봤는데, 그중 한 장면이 오래도록 기억에 남습니다. 조선인이 우물에 독을 뿌렸다는 소문을 사실이라고 믿었다며, 미안하게 됐다고 멋쩍게 사과하는 일본인. 그리고 그 한마디 인정을 받아낸 것만으로 서럽게 우시는 조선인 생존자. 당시 갈고리로 아킬레스건을 관통당한 채 끌려가 폭행당했던 생존자를 생각하면 가슴이 먹먹합니다.

증언 취합 시스템 '니시자키'의 이름을 따온 니시자키 마사오西崎雅夫 씨도 실제로 만나 뵈었던 분입니다. 어렸을 때 축구를 하며 뛰어놀았던 아라카와강 둔치에 유골이 묻혀 있다는 이야기를 대학생 때 접하셨다고 합니다. 19년간 중학교 영어교사로 일하다 학교를 그만두신 뒤, 여생을 바쳐 증언들을 수집해 기록하셨고, 2016년 『관동대지진 조선인 학살의 기록~도쿄 지역별

1,100개의 증언(関東大震災朝鮮人虐殺の記録~東京地区別1100の証言)』
이라는 서적을 발간하셨습니다. 자경단이 수백 구의 시체와 함
께 사상자를 둔치에 생매장했으나, 정부 당국이 야밤에 몰래 통
째로 빼돌린 것으로 추정되는 사건도 니시자키 씨의 강연에서
처음 들었습니다. 다만 극 중 인물 호일이 암매장 장소라며 묘
사한 곳은, 향후 찾을 수 있기를 바라는 마음으로 제가 상상해
낸 허구입니다.

   이름이 등장하진 않았지만, 1923년 관동 대지진 조선인 대
학살 당시, 아홉 살이란 어린 나이에 목격한 학살에 대해 증언
해주신 故 야기가야 다에코八木ケ谷妙子 씨께 감사와 존경의 인사
를 드립니다. 야기가야 씨가 지역사회에 호소한 덕분에, 희생자
추모비가 지바千葉현 야치요八千代시 다카쓰관음사高津観音寺에 세
워졌습니다. 저는 야기가야 씨가 돌아가시고 수년 후에야 추모
비를 답사했습니다. 야기가야 씨의 자녀이신 야기가야 마리八木
ケ谷マリ 씨와 그녀의 배우자이자 반전·반핵 운동가 故 가타오카
겐지片岡健二 씨와는 추모비 답사에 함께한 것을 계기로 친구가
되었습니다. 두 분은 국적이 다른 저를 가족처럼 챙겨주셨습니
다. 일본 명절에 마리 씨 집에 찾아가 놀다 보면 정말 친척네에
놀러 온 것처럼 편안했습니다. 제게 안겨주신 자료는 평생 쌓아
오신 것이다 보니 너무 많아서 전부 읽어볼 수 없을 정도였습니

다. 야기가야 씨 가족을 보며 나는 무얼 해야 할까 고민하게 되었습니다. 앞에 언급한 정종석 씨, 오충공 씨, 니시자키 씨도 전부 다 마리 씨를 통해 만났습니다. 답사 때 찾아뵙고 묵념 올렸던, 지바의 이름 없는 비석을 떠올립니다. 주위의 검소한 비석과 비교해도 너무 초라했던 무연고자 비석. 소설 속에서라도 그 비석에 한국어로 된 묘비명을 새기고 싶었습니다. 만나 뵌 분들과 그 비석이 제가 「연고, 늦게라도 만납시다」를 쓸 수 있도록 무언으로 격려해주었습니다.

니시와세다역 근처 옛 육군 의과대학 건물터가 전시 의학 범죄의 거점이었다는 건 유골 발견을 통해 정황이 확인된 사실입니다. 코리아타운 근처라 한국 사람들이 많이 사는 지역이지만 대부분의 한국 사람은 이 사실을 모를 것입니다. 도야마 공원 근처에 반년 정도 살았던 저도 아무것도 몰랐습니다. 만화 업무 때문에 만났던 와세다대학 출신 일본인 편집자가 '거기서 유해가 와르르 쏟아졌죠'라고 너무도 담담하게 말해 아연실색한 적이 있었습니다. 한국 사람들 모르게 현지인들은 다 알고 있었구나, 하는 충격이 오래 남았습니다. 당시의 씁쓸했던 기억을 떠올리며 에즈라라는 가상의 인물을 통해 유골 규명 사건을 재구성했습니다. 1990년 시민모임을 결성해 유골의 화장을 막아낸 일본 시민들의 기록을 에즈라의 대사 안에 넣었습니다. 직접 뵙지는 못했지만 유골을 지켜주시고 기록을 남겨주신 시민모임분들과, 다른 학자들이 유골 감정을 고사했을때 이를 담당하셨던 삿포로 대학 故 사쿠라 하지메^{佐倉朔} 씨께 존경의 인사를 올립니다.

니시와세다역에서 엘리베이터를 타면 검은 어둠 속에 잠긴 B층을 평범하게 통과합니다. 일반인은 통행이 제한되어 있어 가볼 수 없기에, B층 내부 모습과 등장인물들은 모두 저의 상상 속 허구입니다. 역사적 사실과 불일치한 부분이 있다면 제 부족함 때문임을 고백합니다.

마지막으로 주인공 황호일의 이름은 저희 할아버지 성함에서 따왔습니다. 시대는 다르지만, 할아버지도 1945년에 히로시마에 계셨습니다. 원폭 투하 다음 날 시내에 들어가 복구 작업을 하셨다고 합니다. 이 기구한 이야기를 할아버지가 돌아가시기 며칠 전에, 병상에서 친척분께 들었습니다. 일찍 알았다면 할아버지를 모시고 같이 히로시마를 둘러봤을 텐데, 통역도 해드릴 수 있었을 텐데, 만나고 싶은 사람이 있다면 찾아드릴 수 있었을 텐데, 하는 아쉬움이 들었습니다. 일제강점기, 쌀 수탈의 전초기지였던 군산에서 태어나 히로시마를 거쳐 다시 군산에 돌아와 영면하신 역사의 증인. 돌아가신 할아버지의 삶과 죽음을 추도하며 성함을 사용했습니다.

미발표작을 전부 꼼꼼하게 검토해주시고 단편집 출간을 결정해주신 허블 여러분께 감사드립니다. 책의 방향성을 잡아주시고, 구성이나 문장을 촘촘히 가다듬을 수 있도록 길잡이가 되어주신 김학제 편집자님께 감사드립니다.

무고한 생명을 생매장해서라도 공권력을 사유화한 사람들이 지배하던 시절, 국내에 없었던 저는 촛불 혁명을 인터넷으로 지켜봤습니다. 수많은 분이 인생을 바쳐 쟁취한 민주주의에 무임승차한다는 부끄러움을 안고, 깨어 있는 시민들 앞에 생애 첫 단편집을 바칩니다. 켄 리우의 「역사에 종지부를 찍은 사람들」은 일본과 중국에서 출판되지 않았습니다. 「연고, 늦게라도 만납시다」와 「니시와세다역 B층」이 일본에서 출판될 수 있을지, 「탱크맨」이 중국에서 출판될 수 있을지 확신할 수 없습니다. 그런 이유로, 여러분이 싸우셨기에 어떤 책은 세상에 나올 수 있었다고 감히 말하고 싶습니다. 감사드립니다.

2020년 6월
황모과

※유골 조사 내용 인용 출처
http://jinkotsu731.web.fc2.com/
(군의학교 건물 터에서 발견된 유골 문제를 규명하는 시민모임)